庫

小説日本芸譚

松本清張著

新潮社版

1476

目次

小説日本芸譚

小説日本芸譚

運慶

一

仏師法印運慶《うんけい》は、京都の七条仏所の奥で七十六歳の病んだ身体《からだ》を横たえていた。貞応二年の春の午《ひる》さがりである。昼餉《ひるげ》には、温糟《うんぞう》に蘘荷《みようが》、酸藷《みずぶき》、鶏冠《とさ》苔《かのり》の点心が出たが、わずかに梅干に箸《はし》をつけただけであった。食欲がまるでない。潮の干満のように睡気《ねむけ》が繰り返してさして来るだけである。

工房の方からは絶えず木を挽《ひ》く音や削る音が聴えてくる。それにまじって人声がする。一番高いのは息子の定慶《じようけい》の声である。そういう雑音が衰えた耳に一種の懈《もの》い調和音となって、眠い意識を心地よく揺《ゆす》った。

うとうとしかけていると、息子の康弁《こうべん》が足音を忍ばすようにして入ってきた。

「お目ざめですか?」

と彼は枕《まくら》もとに寄った。

「蓮華《れんげ》王院の宜瑜《ぎゆ》さんが、見舞にお見えです。お通ししますか?」

その小声に運慶はうなずいた。宜瑜なら不快な相手ではない。睡気が去りかけると、人の話が欲しい気がした。運慶は衾《ふすま》の中で身体を動かした。

宜瑜が入ってきた。遠慮深そうに褥《しとね》の脇《わき》に坐《すわ》ると、長い眉《まゆげ》毛の下の目を細めて、

「御気分は如何《いかが》ですか?お顔色はだいぶよいようですな」

と上からさし覗《のぞ》くようにして云《い》った。

運慶は、宜瑜の雀斑《そばかす》の浮いている皺《しわ》の多い顔を見上げて、礼を述べた。陽は座敷まで明るい。今日のようなお天気は、外を歩けば気持がよいだろう。その陽ざしの中を健康な足どりで歩いてきた宜瑜が、運慶には多少羨《うらや》ましくないことはなかった。

宜瑜は世間話をはじめた。彼はこの三日に行われた闘鶏の模様を話した。その話し振りが面白いので、運慶は釣り込まれてきいた。その間にも工房からの木を削る音と人声は絶えず聴えた。

宜瑜は闘鶏の話が一段落すると、その工房の音に耳を傾けるようにして、

「いつもお旺《さか》んで結構ですな」

といった。それからつづけて、

「これだけ盛大になれば、あなたも本望でしょう」と述べた。

宜瑜は、運慶がここまで仕上げてきた七条仏所派の成功を賀しているのである。運慶の父康慶《こうけい》までは、いや、彼自身が中年過ぎまでは、彼らは奈良仏師という名で京都三条仏所派からは地方作家として一段低く見られていた。それが鎌倉《かまくら》幕府の援助の下に運慶が一門を率いて活動し、遂《つい》に主流となって三条派を衰微させ、この京の七条に仏所を構えてからは、完全に相手を蹴《け》落《おと》したのであった。今では造仏を依頼する者は、この近畿《きんき》はもとより、関東、奥羽《おうう》まで及んでいる。七条仏所といえば、名実ともに最高の権威となった。それは運慶が永い間に亘《わた》って目標を立ててきたことなのだ。宜瑜の云った、あなたも本望でしょう、という短い言葉にはこれだけの意味が含まれてあった。

運慶は、それにはあまり気の乗った返事をしなかった。今は、そんな話題には触れたくなかった。無論、宜瑜の賞讃《しょうさん》には、それを肯定する満足感が底に横たわっていないではなかったが、仕事の話に調子を合せる気分はどうしても起らなかった。どこかでそれを忌《い》むものが膜のように張っていた。

それは宜瑜が芸術を解さないからではない。現に彼の居る蓮華王院本堂には、運慶が年少の頃に彫った千手観音立像が残っていた。宜瑜はそれを珍重し、自慢にしている。彼もまた今まで運慶を支持してきた数多い中の一人であった。が、それだけに、今は仕事の話を避けたかった。妙に心が鎖していた。宜瑜が不用意に吐いた、あなたも本望でしょう、という一語が運慶の心に或《あ》る素直さを失わせたのである。

宜瑜は運慶の顔色の浮かぬのを見て、別な話をはじめた。彼はこの三月の上巳《じょうし》の日に、或る貴族の曲水《ごくすい》に招じられた。その宴で公卿《くぎょう》たちの歌の披講を聴いたが、当節の公卿どもの歌は末節の技巧に走ってまるでなっていないと批評した。それから一つ一つ辛辣《しんらつ》な短評を試みた。

それは面白かったから、運慶は衾から身体をのり出すようにして聞いた。すると宜瑜はそのあとで、

「なかなか上手が居なくなりましたな。仏師もあなたのような人は後世に容易に顕《あらわ》れまい」

と云った。話題の雲行がまた怪しくなったので、せっかく開きかけた運慶の心は警戒をはじめた。が、今度は相手は彼の心に気付かなかった。

「安阿弥《あんなみ》どのも相変らず立派な仕事をなさいますな。あの人は次々と宋《そう》の新しい様式を取り入れて、すっかり身につきましたな」

運慶はうなずいた。話題は彼の最も欲しくないところにきた。しかしこれは明らかに不快な表情を露骨に見せてはならぬことであった。運慶は衾のなかで身体の位置を動かした。

宜瑜は、安阿弥の、つまり快慶《かいけい》の賞讃をはじめた。それはありきたりの感想で、運慶には一向に耳新しくない飽いた言葉であった。が、遮ることは出来ない。彼は顔で相槌《あいづち》をうちながら、心は次第に乾いてきた。

もし、このとき長子の湛慶《たんけい》が註文をうけた造仏のことで相談に来なかったら、運慶は宜瑜の話を際限なく辛抱せねばならなかったに違いない。が、湛慶がそこに入ってきたので、宜瑜のながしりはようやく浮いた。彼は目下土佐に流謫《るたく》中の土御門《つちみかど》上皇を幕府が近く阿波《あわ》に遷《うつ》し参らせるらしいという消息を最後に聞かせて腰をあげた。

二

宜瑜が帰ったあとでも、運慶の気持は容易に和《なご》まなかった。一旦《いったん》、投げ込まれた泥はひろがって濁った。悪いことに、他人のきかせた言葉を反芻《はんすう》して、あとで棘《とげ》の傷を深くするのが彼の癖であった。

あなたも本望であろう、といわれたことも一つである。宜瑜は彼の芸術について云ったのではなく、それとは別なことである。彼の造仏技術が京都仏所を圧倒したという意味にうけとるには、あまり単純過ぎるし、たしかに他の内容を感じた。それは芸術に関係のないことである。のみならず、背馳《はいち》の精神と想《おも》われるものだった。これまでしばしば云われている運慶の統率力と政治性、つまり悪口で表現される「商売根性」をその言葉は含んでいた。無論、これは運慶の独り相撲の受け取り方であった。しかし宜瑜の何気なしに吐いた一言に、無意識にその内容が無かったとはいえない。それは彼がこれまで受けてきたどの批評よりも、一番彼の心を真黒に塗り、彼を反抗させた指摘であった。

それから宜瑜が、快慶の名を持ち出したことも心を乱した。快慶の評価については彼は変らぬ計算をもっている。しかるに世間の評価は近頃だんだん甘くなってきていた。運慶から見ると、愕《おどろ》くほど過大なのである。以前には快慶の芸術に冷たかった者も、ひどく寛大になり、いろいろと賞《ほ》めるようになった。この変化が運慶に気に喰わない。要するに快慶の新しがりの工夫に、何か神秘な附加物を錯覚したとしか思えない。が、快慶と己との関係を考えると、運慶は世間のずれた見識に正面から反対することは出来なかった。その不当な忍従が、彼をいつも苛立《いらだ》たせるのである。

「ふん、宋の新様式か」

運慶は嘲《あざけ》るように呟《つぶや》いて衾のなかで寝返りを打った。

外は雲も流れないのか、陽は翳《かげ》りもなく相変らずこの座敷に明るい。木の音と定慶の高い調子のまじる人声とは依然として聴える。運慶はもう一度、この僻い雑音の中に睡ろうと思った。

が、一度、妨げられた平静は容易に心に帰って来なかった。眠りたくも、睡気はどこかに去ったままであった。運慶はまた寝返りをして萎《しぼ》んだ瞼《まぶた》を塞《ふさ》いだ。思考の方は冴《さ》えるばかりである。運慶は諦《あきら》めて、考えの湧《わ》くままを追うことにした。そのうち眠りに誘い込まれるかもしれないと思った。

一体、おれが快慶を意識したのは、いつ頃からであろう。——と運慶は考えはじめた。

——運慶の父の康慶は、東大寺の附属の仏師であった。父だけではない、祖父の康《こう》朝《ちょう》も、その父の康助《こうじょ》も、その前の頼助《らいじょ》も、悉《ことごと》くそうであった。それを辿《たど》ってゆくと定朝《じょうちょう》になるのだ。奈良に住んでいたから、世間では奈良仏師といった。

父の康慶は、その名前で云われると嫌な顔をした。中央の仕事をしている京都仏師からくらべて、所詮《しよせん》は田舎仏師だという軽蔑《けいべつ》の響きがあった。父はそれを弾《は》ね返そうとした。弾ね返す——それは造仏の技術でゆくより仕方がない。京都仏師に無いもの、異なったものを康慶は造り出そうとした。その血を運慶は完全に享《う》けたと思っている。

彼は親父《おやじ》について童《わらべ》のときから彫技を習った。鑿《のみ》の使い方を覚え、八寸角の樟《くす》の材が荒取りから次第に仏像に移りゆく歓《よろこ》びを知った。康慶はたいてい眼を光らせて彼の手先を見詰めたが、時には何とも云えぬ表情がその眼に映っているのに、ぶっつかることがあった。実際、康慶は他人《ひと》には、彼に望みをかけていると語ったものらしい。

そのころ快慶が居たかどうかさだかな記憶が運慶にない。何しろ弟子は多勢いたし、技術はほとんどみんな同じ位であった。そうだ、あの頃は快慶は彼の意識になかった。

父の康慶は何かを創《つく》り出そうとしたが、まだ発見には到着していなかったと運慶は思う。その証拠に彼が十七、八のころに父の指図で造った蓮華王院の千手観音は在来のものと型が殆《ほとん》ど同じである。定朝が造り出した様式から脱けてはいなかった。どんな才能ある人間でも、時代の様式の固定観念の中に、暫《しば》くは跼《かが》まねばならないのだ。

康慶の仏所は奈良に在った。仕事は東大寺や興福寺の造仏や修理であった。東大寺には天平の仏像が数知れず安置してある。その修理に従うことで、康慶たちは天平の古仏に毎日親しんできた。だが、それに憧憬《しようけい》し、その容《すがた》を取り入れようと彼が思い立ったという考え方は妥当のようだが、時間的な飛躍がある。時代の様式の呪縛《じゅばく》は、そこまですぐに解放はしない。

それに造仏は仏師たちが勝手にやるのではもとよりない。註文をうけてからかかる職人仕事なのだ。願主という註文主の意に叶《かな》わなければ一体の仕事もない。それから註文主の方が時代の様式に何よりも忠実であった！

この様式の規律と、四百年以上の時間的な距離の観念に妨げられて、康慶たちは天平仏に親しんでも、まだ密着がなかった。驚嘆はあっても、それが彼らの技術や仕事に密着しない限り、ただの観賞者に過ぎない。彼らの眺める眼は、まだ遠いものであった。

運慶は二十五、六のころに、円成寺《えんじょうじ》の大日如来《だいにちにょらい》像を造った。父の指導で、ほぼ一年がかりで仕上げた。この出来は大そう見事だったので康慶も賞め、願主もよろこんだ。だが、これも時代の様式に従ったというに過ぎない。

あの頃は、快慶もさほど目立たなかった。何しろ、みんな同じようなものを造っていたからな。——運慶は眼を閉じながら、そんなことを思いつづけた。

三

だが、一つの情景が運慶の記憶にある。そこだけは、陽が射《さ》し洩《も》れたように明るい。

運慶は父の康慶と一緒に高野山に詣《もう》でた。いつだったか忘れたが、何でも早春の日であった。諸堂の諸仏を拝して廻るうちに遍照院《へんじょういん》の一隅に忘れたように置かれた仏像があった。暗い場所だったから、それを大日如来像と判じるまでには、いくらかの時間を要したくらいだ。運慶は案内の僧から燭《しょく》をかりてそれを仔細《しさい》に見た。それは他の仏像とは違っていた。何か粗《あら》い感じのする作風であった。

「これは、おれの親父、つまりお前の祖父の康朝が作ったのだ。当時は願主に気に入られなかったのだな。造りが大そう荒いという叱言《こごと》を喰ったのだ。だから今にこんな隅に影のように置いてある」

康慶は運慶の耳にそうささやいた。

運慶はそのときの印象を忘れていない。なるほどその彫刻の仕上げは荒い。しかし何か異なった生命のようなものが籠《こも》っていた。生命——様式の巧緻《こうち》から落第したその疎荒《そこう》にである。妙な生々しさが動いていた。

外に出ると早春の風はまだ冷たかった。が、頬はほてっていた。今みてきた大日如来像が眼から離れない。東大寺諸堂に安置された天平の諸仏が、急に時間を縮めて彼に逼《せま》ってきたのは、この瞬間からである。彼の心に四百数十年の時間の壁を叩《たた》き壊す槌の役目をしたのはわずか二十年前という康朝の作品であった。

天平仏と運慶との距離は、そうなれば、時代の距《へだた》りではなく、空間だけとなった。いま空気を吸っている現在の様式から脱《のが》れても、次の表現は宙に迷う。その落着く次元を発見して、運慶は眼が開いたと思った。彼は、はじめてこの早春の陽ざしのように明るそうな眼付きをした。

然《しか》し、次の運慶の記憶はもっと鮮烈なものであった。それは炎の記憶なのだ。

夜空をいっぱいに火が焦《こ》がしていた。火は冬の烈風に煽《あお》られて狂い舞っているが、風はもっと凄惨《せいさん》なものを耳に運んだ。何千という人間の叫喚だった。治承四年の極月、頭《とうの》中将重衡《しげひら》が四万余騎で南都を焼いたときのことであった。

運慶は春日《かすが》山内に避難してこの光景を眺めていた。ここから見ると奈良は炎の海である。興福寺の東金堂《こんどう》の屋根が焼ける。西金堂も火がついている。五重塔と三重塔は火柱となって焼け落ちた。すぐ眼の下にある東大寺の大仏殿は炎上の旺《さか》りで、逃げかえってきた者が話しているのをきくと、大仏殿の二階の上には二千人あまりが焼死しているという。金銅十六丈の盧《る》遮《しや》那《な》仏《ぶつ》は御頭《みぐし》がすでに地に落ちたと語った。講堂、食《じき》堂《どう》、廻廊、中門、南大門はすでに跡かたもなく焼けたというのだ。興福寺の方は消息は知れないが、北円堂、南円堂、観自在院、大乗院、五大院、伝法院などの位置はみんな火に包み込まれていた。

天平の諸仏体は、いまこの炎の中に消滅し去ろうとしている。運慶は炎を凝視していた。凝視しているのは、実は、不空羂索《ふくうけんじやく》立像や四天王立像とその足下の鬼形や、八天像、十大弟子像、十一面観音像などの素描であった。

運慶は、その焼失を不思議に惜しいとは思わなかった。惜しいと思うのは、尋常の観念だと考えた。いつでも見られる眼前の具象が残ることは、かえって邪魔なのだ。それが心のなかに、いわば形而上《けいじじよう》に結像することで、精神は満たされ、発想は自由となる。運慶はそんな身勝手なことを考えて、燃え狂う火を群衆と共に、眺めていた。

すると、横でしきりと炎に向って合掌して歔《な》く者がいる。彼は口の中で、

「恐ろしやな。天竺《てんじく》、震旦《しんたん》にもこれほどまでの法難はあるまい」

と呟いては、泣きながら経を誦《ず》している。

運慶はその男の顔を見た。それが父の康慶の弟子の、快慶であった。

運慶は忽《たちま》ちこの男を軽蔑した。これは畢竟《ひつきよう》、尋常な人間なのである。彼は鑿を振う

彫技をよくする。しかし、世俗な、といって当らなければ、普通の悲しみしか彼には無いらしい。天平の諸仏像が焼けてもちっとも惜しくない、いや、心のどこかではそれを希《ねが》っているような冷酷な精神をもっているおれの方が、こいつより少くとも芸術の天分は一枚も二枚も上手《うわて》だと彼は自負を感じた。爾来《じらい》、このときの感想が、快慶に対して、運慶は抜け切れなかった。

南都炎上のあとは惨憺《さんたん》たるものであった。東大、興福の二寺は殆ど全滅である。堂塔、諸院、諸房、諸舎四十数宇を焼失し、残る所は、羂索堂、禅定院と近辺の小屋少々、新薬師寺西辺の小屋が少しばかりであった。

康慶は落胆して、自失した。

「われらの仕事もこれで終りであろう」

と嘆く。興福寺をたよって仏所を構えていた彼にとっては、生活を失うことにもなろう。

然し、中央の政局は変動していた。平氏が転落して、頼朝《よりとも》が鎌倉に幕府を開いた。二寺が炎上して四年後であった。

この新しい支配者は、鎌倉に腰を据えて、決して入京しようとはしなかった。その代り東大寺と興福寺の復興には恐ろしく力を入れてきた。

その計算がどこから出たか推察するのは容易である。頼朝は鎌倉から遠い京畿の人心を宗教を楯《たて》に収めようと考えたのだ。彼は信仰の保護者になればよいのである。敵が破壊したあとだから効果は困難でなかった。要するに彼は二寺再建《さいこん》の願主になることで、中央の保持を狙《ねら》ったのだ。

新しい空気の流れるのが感じられた。いまの様式を破っても、この願主はきっと気に入るであろう。すでにどうにも動きのとれなくなったところに来ている定朝以来の様式である。観念も鑿も釘《くぎ》づけになって衰弱するばかりなのだ。

「今度は、やれる」

運慶は、天平仏の素描を幸福そうに心に浮べた。野心が若々しい表情で充実してきた。——今、運慶が眼を瞑《つむ》って想い出しても、軽い昂《たかぶ》りを覚えるくらいである。

四

運慶は、それからそれへと、沢山な自分の造仏の歴史を思い泛《うか》べた。まず、伊豆《いず》韮山《にらやま》の願成就院の不動明王、毘沙門天《びしゃもんてん》の二像である。この寺は北条時政《ときまさ》が奥州征伐の戦勝を、祈願するために建立した寺だ。この制作で運慶ははじめて鎌倉にその存在を識《し》られた。

勿論《もちろん》、仏師運慶の名は早く知られていたが、そのころは院尊《いんそん》、明円《みようえん》の二大家が居る。その光のために、運慶はもとより康慶も影が薄れていた。院尊、明円の二派は、定朝以来の典雅な伝統を墨守している正統である。いや、系譜の上では康慶が定朝の直系なのだが、その芸風は傍系の彼らがかえって直系であった。芸術は系譜にはよらない。

北条時政が何故《なぜ》運慶を名指したか、実際の理由は彼にもよく分らない。恐らく院尊も明円も、今まで平氏の発願による造仏に多く携ってきたから、ここらで運慶に一つ仕事をさせてみようとの議が起ったのではあるまいか。その証拠に、本尊は頼まずに、脇侍《わきじ》の二天だけを註文してきた。

この註文の仕方は運慶にとって仕合せな結果となった。何故かというと、彼の作風は動きの無い本尊仏よりも、動きのある忿怒《ふんぬ》相の荒々しい彫像に似合うのだ。それを眺めるのが、力で政治を闘い取った鎌倉武士なのである。運慶が設定した動勢に、新興の実力者は理解よりも精神の融合が先にきた。――このときのことは、後で運慶が大へんな政略家であったという悪評を仏師仲間から得た。

それは鎌倉幕府が、次々と康慶と運慶一門を造仏のことに起用したからであろう。時には明円から烈《はげ》しい抗議が出たくらいであった。

運慶は、そのころの自分の作品を振りかえることができる。父の康慶と共に造った興福寺南円堂の不空羂索観音と四天王、法相宗《ほつそう》六祖《ろくそ》像、東大寺脇侍の虚空蔵菩薩《こくうぞうぼさつ》像、神護寺講堂の仏像、京都東寺の仁王と二天像——それらが、今にありありと眼底に遺《のこ》る。いずれも定朝様式の柔和な、優雅さはどこにも無かった。天平仏の素描の上に、自己の創意を積み上げたのだ。

その新鮮さが喝采《かっさい》を得た。政治機構は武家のものに変り、貴族は転落した。運慶の芸術はその思想に寸分の隙《すき》もなく呼吸を合せたことになる。

東大寺と興福寺の復興は政治の援助でどんどん捗《はかど》った。運慶に場が与えられたのは自然の成行きである。一度、迎えられた芸風は一門の作風の方向を決定する。康慶も定慶も快慶も湛慶も、運慶の指向に足を合せた。

院尊と明円は、蓮華王院の丈六阿弥陀《あみだ》像や興福寺金堂の諸仏を造って、依然として老大家の働きを示しはしたが、運慶の眼からすれば、歯牙《しが》にかけるにも足りない。彼らの固定化した様式には衰微の影が濃いだけである。

運慶は、つまりはこの固定化した観念の遺物様式に反逆したと自負している。おとなしいだけで躍動のない線、約束を守って生命の無い彫法、死人のような面相や姿勢にである。その前に拝跪《はいき》する人間とは、間に何の繫《つな》がりも無い。

運慶は仏像を生けるがままに具象化しようとした。玉眼に水晶を嵌《は》め込む技法は、その現実感を一層効果的にする。抽象には何かがあるかも知れないが、それを感じ取るまでには時間と忍耐を要する。写実は瞬時の躊躇《ちゅうちょ》なく直截《ちょくせつ》に訴える。それが見事な出来であればあるほど、素朴な感嘆を与える。作家の精神が、民衆の距離のない感動に融《と》け合うのだ。もともと信仰の本質は感動ではないか。

こんなことを考えて、運慶は改めて、その頃の快慶を振り返ってみた。当時の快慶は彼の意識に疾《と》うに上っているほどの大作家であった。この意識というのは競争相手としての意味なのだ。

運慶が仕事をすすめているように、快慶も頗《すこぶ》る仕事をしていた。播磨《はりま》浄土寺阿弥陀三尊像、東大寺大仏殿観音菩薩像、滋賀月福院釈迦《しゃか》如来《にょらい》、京都遣迎院釈迦阿弥陀二尊像、高野山金剛峯寺《こんごうぶじ》孔雀《くじゃく》明王像、東大寺僧形八幡《はちまん》神像、文殊院文殊五尊像、伊賀《いが》新大仏寺本尊像など、数えてみれば仕事は運慶より多いくらいにしている。

運慶は、この父の弟子を殆《ほとん》ど自分に近い才能の持主だと思っていた。しかし彼は快慶を一歩の距離に置いて見ている。それは自分が彼の師匠の伜《せがれ》であり、今や一門の統率者であるという意識からではない。また、快慶が善良で、何かと謙遜《けんそん》な態度に出ているからでもない。

快慶の仕事を見ていると、写実に走りながら、どこか弱々しい一点がある。表現は巧妙であるが、重量感が足りない。すさまじい迫力が感じられないのである。それはどこからくるか。快慶の作品には写実の中に、まだ定朝様の様式が未練気に残っているのだ。あの柔和な、弱い線が黄昏《たそがれ》のように尾をひいている。——それは多分、快慶の性格から来るのであろう。新しい作風に向いながらも、まだ古い様式をふっ切れずにいる彼の性根は、奈良炎上の夜、二寺の堂舎の炎に向って欷泣《ききゅう》しながら経を誦した善良さに通うのである。運慶は、同じ場所に立って炎上を見物しながら、古仏の焼けるのを心のどこかで期待したではないか。芸術家としての根性は、おのれの方が一枚うわ手だとあのとき快慶を軽蔑《けいべつ》した。現在、一歩の距離で彼を見ているというのは、彼の彫像の上に低迷する優柔さを思い合せて、結局はその蔑視なのである。

すると、その快慶の作風を好んでひいきにする男があった。東大寺復興の事業をなし遂げた、大勧進重源《ちょうげん》である。

運慶は、衾《ふすま》の中で眼を薄く閉じながら、入寂して今は亡《な》い重源の老いた顔を思い出す。

五

重源がなぜ快慶を好んだか、その理由ははじめ定かでなかった。

そのうち、重源の口から、運慶の作品について、こういう言葉が洩《も》れたと伝わった。

「運慶の造った仏像は、あんまり人間臭くて感心しない。仏像は尊厳さが第一だ。写実も結構だが、ああ仏放れがしていては、仏という感じに遠くなる」

重源は、入宋《につそう》三度に及んだ知識僧である。その人がそんな批評をした。

運慶はそれを耳にしたとき、思わぬ弱点を衝《つ》かれたと思った。が、作家は批評家に弱点を指摘されても容易に承服しない。それが急所をついていればいるほど反抗する。

運慶は狼狽《ろうばい》を感じながらも、

「何、重源なんかにおれの芸術が分るものか」

と思った。

それなら定朝様式を守ってよいのか。あの死物のような造形、衰弱している様式、石にも等しい生命のない彫像、どこに魅力があろう。それにおれは反逆したのだ。おれの造った仏像はみんな生きている。躍動がある。緊張と迫力がある。それが観《み》るものに感動を与えている筈《はず》だ。みんなその新鮮さと充実感に感嘆している。重源が小賢《こざか》しいことを云《い》って、何を知ろうと思った。

だが、この反駁《はんばく》には矛盾が潜んでいた。

それは重源が快慶を贔屓《ひいき》にする理由を、運慶が理解する心理にである。快慶の造像に纏《まつわ》っている定朝様の名残りの優雅な線に、重源は心を惹《ひ》かれていると分った。その部分に、重源は仏の尊厳を見出《みいだ》したのであろう。そうだ、と解《わか》った。——定朝様の部分に重源が惹かれている訳が解るところに、運慶の撞着《どうちゃく》があった。運慶は定朝を破壊したが、仏像の神秘まで破壊しなかったろうか。仏像をあんまり人間の写実に近づけて、そこに想像の余地まで侵さなかったか。——

運慶は、快慶に或《あ》る嫉《そね》みと軽蔑を感じた。

嫉みは、快慶が重源の殊遇をうけていることではない。また、その眷顧《けんこ》の下に、種々な造像の仕事を与えられていることでもない。或《あるい》は、快慶が重源に私淑して、安阿弥陀仏と号したほどの両者の親密さに向ってでもない。つまり、快慶が動的な、写実を志しながらも、そのような静寂を残すところに嫉みを覚えたのである。

軽蔑はいわばその裏返しである。動と静の両方を快慶が同居させている妥協性に彼は軽侮したのだ。そのことは、快慶が、重源の持ち帰った宋の仏像の様式を無批判に受け入れたときに一層募ったのである。

ところが、重源の運慶に対する批評が世間に洩れたとみえ、今まで絶讃されていた彼の作品について、一部でいろいろ云う者が出てきた。

「運慶の仏像は人間臭い。あれでは拝む気持になれない」

というのである。世の中の批評家というものは、誰かの云ったことを口真似《まね》して、同じようなことを云うものらしい。運慶は腹が立った。

建仁三年には、竣工《しゅんこう》した東大寺南門に入れる金剛力士像を運慶は快慶と一体ずつ受けもって仕事することになった。二丈八尺の巨大な寄木造りである。

これは「阿《あ》・吽《うん》」の一対の形像であるから、対照に統一がなければならない。運慶は、吽形像をうけもつことにし、阿形像を造る快慶に作風の歩調を合せるよう打ち合せた。打合せというよりも、彼の態度は云い渡したというに近かった。康慶はすでに亡くなり、運慶が一門の統率者として支配の地位に立っていた。年齢《とし》も、もう六十近いのである。

快慶は、肚《はら》ではどう考えているか知らないが、とも角、師匠の子として、また一門の当主として運慶に従順であった。それだけの礼儀をもっている男であった。彼は素直に運慶の指示にうなずいた。

何ぶん前代未聞《みもん》の巨像である。技術的にいうなら、頭から胴、足までの中心材には何本かの角材をたばねて用い、張り出した腰や裳裾《もすそ》には別の矧木《はぎ》をつけ、腕は屈節のかわる毎《ごと》に材を別にした。そのほか、いろいろな場所に矧木や埋木《うめぎ》がある。寄木造りといっても、こんなことは今までやったことがなかった。

運慶は雛型《ひながた》を造るときに、この造像に思い切った誇張を試みた。肉体の隆起、筋肉の誇張、裳裾の翻《ひるがえ》りにも、緊張感と重圧感を盛り上げた。彼の会心の試みであった。だから七月の末から十月の初めにかけての制作は、小仏師十数人を指揮して、精力の全部をこの仕事にかけた。

だが、快慶の阿形像を見て、運慶は驚嘆した。よくもこれだけおれに合せたと思った。それから彼の才能にも今さらながら愕《おどろ》いた。そこには快慶が今まで未練気に持ちつづけてきた迷うような静寂はどこにもない。歪形《わいけい》に近い写実の誇張は運慶に逼《せま》っていた。運慶はこの異常な職人に圧迫さえ感じた。

南大門の金剛力士の二像は、果して喝采をうけた。それは運慶が期待した通りなのだ。作品は最も適した対象を得て、一番の精彩を放つ。殊《こと》に写実の世界ではそうなのだ。

ところが感嘆の瞳《ひとみ》を輝かして見ている群衆の中で、嘲《あざけ》るようにこう云って群から離れる者があった。

「あの誇張は少々嫌味だな。運慶の臭味《くさみ》がそのまま拡大されているではないか。第一、あんな人体ってないよ。骨も筋肉も間違っている。いくら誇張だといっても、あれはひどいよ」

「そうだ」

とそのあとからついて行く者が相槌《あいづち》を打った。

「演技だけでごまかしている作品だ。それに、あれは、どっちが運慶か快慶か分らんじゃないか。快慶をあれほどまでに自分に統制するとは、運慶って奴《やつ》はすごい統御力をもった男だな」

六

運慶が、快慶や湛慶、定慶、康弁、康勝などの一門を率いての目覚しい活動は、早くから大そうな独裁者だと世間に見られていた。それは直《す》ぐに、時の権力者に如才なく取り入って夥《おびただ》しい註文をとってくるという「政治手腕」にも評判は結びつくのだ。

実際、運慶の勢力は、競争相手の院尊の院派、明円の円派を圧倒して、時の主流になっていた。その印象が世間に拡大される。あいつは怪物だと評する者がいる。商売上手だという者もいた。そうでなければ、あの一派だけであれだけの仕事は取れまい。それに絡《から》んで、運慶が奥州の豪族から頼まれて造った仏像には、円金百両、鷲羽《わしのは》百尻《しり》、絹千疋《ひき》、駿馬《しゅんめ》五十四、白布三千端、そのほか莫大《ばくだい》な珍品を報酬として要求したという根も葉もない噂《うわさ》まで立った。

ここには芸術が真黒に消されていることは勿論《もちろん》である。しかし芸術家とは、巧緻《こうち》な職人である。その生活が盛大になれば、こんな批評をうけるのは仕方がない。しかし、作家は己の評判は芸術にあると信じたいから怒るのだ。その劣等感が、批評に、殊にこんな世俗的な批評に反抗のかたちで出る。

運慶は、自分が己の一派を率いているという自覚は否定はしない。しかし自分が集団をもたなければ、どうして円派、院派を打倒出来ようか。個の作家がいくら闘志を湧《わ》かせてみても、派閥の土砂に埋没して了《しま》うのだ。

だが——と運慶の眼はじろりと快慶を見るのである。異物を見るような眼で呟《つぶや》くのであった。

「どうも、あいつはおれの仲間ではないようだ。変な方に曲ってゆく」

近ごろの快慶の作風を見て、運慶は再び軽蔑をはじめた。

快慶は宋の仏像様式に心酔しているようである。もともと宋の仏像を持って帰ったのは、入宋三度の経歴をもつ重源である。快慶が私淑している重源であるから、その影響をうけたことは明瞭《めいりよう》であった。或は重源のすすめによったのかも知れない。

快慶は己の造仏にひたすら宋の様式を附加してゆく。それが新しいと世間では迎えている風であった。運慶は余計にそのことで苛立《いらだ》って軽蔑する。

「前からそんな男だ」

と思うのだ。現実的な写実に向いながら、定朝様の柔和も残して置く彼のことである。今度、宋様をとり入れても不思議はない。あれも取りたい、これも取りたい、徹底し切れない奴だと嘲笑《ちようしよう》したくなる。

「まあ、いい。おれはおれの仕事をとことんまで追い詰めてゆくだけだ」

丁度、興福寺から北円堂に安置する無著《むじやく》、世親《せしん》の二像を頼まれている時であった。これこそ全力を打ち込んで取り組んでみようと決心した。すると、いつの間にか、快慶に対してむきになっている自分を見出した。——彼の快慶への真剣な軽蔑は、実は快慶の幅のひろい芸術に対する怯《ひ》け目が意識の下に潜んでいるのではないか。それに気づくと運慶は血眼になった。

彼は、いよいよむきになった。それこそ敵《かたき》でも居そうな激しさであった。

北円堂の前の広庭に仮屋を建て、蓆《むしろ》をしいて鑿《のみ》を振った。世親、無著の顔は勿論どんなものか知らない、しかし彼の頭の中には、はっきりとした幻像が出来ていた。一人は枯淡な老僧の俤《おもかげ》にしよう。一人は壮気に満ちた逞《たくま》しい骨格の僧にしよう。眼、口もと、両手の構え、姿勢、着衣の襞《ひだ》の流れ、それぞれの対比を歴然と彼の頭脳は描き分けていた。

すると或る日、広庭の青竹で組んだ矢来の外を二人の若者が通りかかった。彼らはちょっと足を止めて仮屋の方を覗《のぞ》くようにしていたが、

「これが運慶の仕事場か。今度、世親と無著の像を彫るそうじゃないか」

と、一人がいうと、伴《つ》れは返事をしないで、とめた足を動かした。歩きながらその男は、

「運慶か。もう古いな。大体、あいつのものは人間臭くて本尊なんか彫れやせん。せいぜい肖像くらいのもんだ」

と軽く云い捨てると、二人のならんだ姿は陽炎《かげろう》のさす猿沢池の方へ下りて行った。

工房からは依然として雑音が絶えない。相変らずそれは懈《ものう》い調子で耳に伝わってくる。

「もう、古いか――」

寝ている運慶は口の中で寂しそうに呟いた。

ふん、宋様か、とさっきも鼻で嘲りはしたが、それが新しい流行なのだ。現に自分の息子の定慶なんかは、おれの気持には一向平気で、さかんに宋様式をやっているではないか。この間もあいつの彫ったのを見たが、複雑な、うるさい着衣、わずらわしいくらいに賑《にぎ》やかな文様を克明に造り出している。おれは軽蔑《けいべつ》するが、それが新しい様式なのだ。丁度、おれが定朝様式を破壊して新様式を造ったように。――

自分では、随分と新しがっても、気づかぬうちにいつか時代の流れに古びてしまう。おれはもう死ぬかも知れない。快慶のやつはおれより永生きして、まだまだ働くに違いない。世間ではあいつの作風を安阿弥様《よう》といって迎えているそうだ。しかし、いくら快慶が新しがっても、いまにその様式は古びて廃《すた》れてしまうのだ。

するると作品というものは――運慶は、もう一度、東大寺、興福寺も炎上して、悉《ことごと》く自分の彫像が灰になればいい、と思った。

その年の十二月十一日、運慶は死んだ。

世阿弥

一

世阿弥《ぜあみ》が、後小松天皇と前将軍足利義満《あしかがよしみつ》の前で中楽《さるがく》を演じたのは、応永十五年三月十五日の夜であった。

主上が義満の別邸、北山殿に行幸になったのは八日からであったが、十五日には、北山殿の南隣にあった崇賢門院《すうけんもんいん》にお渡りがあった。崇賢門院は主上の祖母に当る。ここで中楽をご覧に入れたいと義満が申し出たのであった。

この日は朝から雨が降っていたが、夕近くなると晴れ上った。なま暖かい風が動き、遅咲きの桜の花弁が雨の名残りの雫《しずく》を重く吸って艶冶《えんや》な風情《ふぜい》となっていた。

この時は、世阿弥が主演して七番をつとめた。世阿弥は四十七歳で、己の技芸には自負もあり、脂《あぶら》の乗ったさかりであった。まして主上の前では初めての演舞であるから全力を尽した。彼は若年のころから義満の寵童《ちょうどう》であっただけに顔も立派である。演技は見物の人々を今更のように感嘆させた。

主上はいたくお気に入って、いま一度の興行を所望された。それで二十二日の夜も重ねて崇賢門院にお渡りになった。義満も愛子の義嗣《よしつぐ》を伴って供をした。義満は、どういうものか長男の義持《よしもち》よりも、次男の義嗣を愛していた。そのことは外にも聞えて、世間では義嗣を新御所と云《い》っていたくらいである。

二十二日の夜の主演は、近江《おうみ》猿楽の犬王《いぬおう》といった道阿弥《どうあみ》であった。道阿弥も、世阿弥の父の観阿弥《かんあみ》が推挙しただけに、その技《わざ》は確かなものであった。主上は、これも悦《よろこ》ばれた様子であった。

この十五日と二十二日の天覧中楽は、世間に大へん評判となった。能役者など所詮《しょせん》は賤業《せんぎょう》の所行と考えていた者がまだ多かったからである。それは観阿弥が今熊野《いまくまの》で初めて義満の前で演能したときに人々に与えた衝動よりも、もっと大幅な揺すりかたただった。神楽《かぐら》の余興から成長した猿楽への世間の感動であった。

中楽は、もと猿楽とかいて、神社などの神楽のあとの余興であった。九世紀の半ばごろには、これを職業とする者が現われたとみえて、神社の祭礼や寺院の会《え》に集まった見物人を目当てに芸を演じて報謝をもらって生活していた。近畿には由緒《ゆいしょ》ある神社や寺が多かったから、自然と彼らも近畿を中心に発達して、遂《つい》に職業団体である「座」をつくった。彼らは大てい豊かな寺院の保護をうけて暮していた。

別に中楽に似たものに田楽《でんがく》があった。田楽は、猿楽が中央の神社や寺院で興行されるのを真似《まね》て、田舎の神社の祭に催された。田舎猿楽であるから、略して田楽といった。

田楽も職業化して座をつくった。猿楽の座と田楽の座は互いに激しい競争をした。鎌倉《かまくら》期には田楽が武家の間に流行して、猿楽を抑えたことがあった。北条高時は田楽を大そう好んだ。洛中《らくちゅう》で、四条河原の勧進《かんじん》田楽をしたときなど、あまりの人混みのために桟敷《さじき》が崩れて騒動したこともある。

それほど繁昌《はんじょう》した田楽も、室町期に入ると、猿楽の興隆に追い越されてしまった。猿楽は近江と大和とが名を知られていた。大和猿楽は四座に分れ、円満井《えんまい》座（のちの金春座）、坂戸《さかど》座（のちの金剛座）、外山《とび》座（のちの宝生座）、結崎《ゆうざき》座（のちの観世座）とあった。これらはみな奈良の興福寺のお抱えの座であって、春日神社の神事猿楽をつとめていた。近江猿楽は延暦寺《えんりゃくじ》を頼み、日吉《ひえ》社の神事に仕えた。尤《もっと》も、どちらも奈良や比叡《ひえい》山に定住していたわけではない。神社の祭礼を目当てに、諸国をめぐり歩き、猿楽を興行した。そのことは旅芸人と変るところがない。

ところが大和の結崎座からひとりの才人が現われた。かれは結崎三郎清次《きよつぐ》といった。四十前までは、しがない旅興行人であったに違いないが、文中三年の春、洛外の醍醐《だいご》寺《じ》で七日間の猿楽能をした。これがひどく評判になって京辺に囃《はや》された。結崎清次の猿楽は少し変っていた。彼は己の芸に曲舞《くせまい》の調子をとり入れていた。在来の猿楽も田楽も、小歌の階調で謡《うた》われていたが、曲舞の部分を混入させることで、能の音曲が複雑になり変化を起こした。それが見物人に何か新鮮さを与えたのであろう。

この京童《きょうわらわ》の評判が将軍足利義満の耳に入った。耳に入ったといっても誰かが告げなければならない。云った者は南阿弥という将軍家の同朋衆《どうぼう》の一人であった。同朋衆というのは一芸をもって将軍家に近侍している者の謂《いい》である。南阿弥は作曲の上手であった。彼も醍醐の興行を見て感心し、義満に観《み》ることをすすめた。義満の気持が動いて、今熊野で興行することになり、将軍はこれに出向いた。

清次はこのとき「翁《おきな》」を演能した。義満は少しばかり小馬鹿《こばか》にして観に来たかも知れないが、その能を見物して魅せられてしまった。清次ばかりではない。そのとき一緒に舞った十二歳の清次の子の藤若の可愛《かわい》らしさが眼を惹《ひ》いた。

義満は、結崎清次の至芸とその子の愛らしさに惹かれて、この父子《おやこ》を庇護《ひご》した。清次は観阿弥を名乗り、その座を観世座と称するようになった。観阿弥は五十二歳で駿河《するが》の旅路で果てた。あとを藤若が二十二歳で嗣《つ》いだ。三郎元清《もときよ》といったが、ほどなく義満の同朋衆になって世阿弥といった。阿弥の号は将軍の同朋衆にはみな附《つ》くものらしい。

観阿弥と世阿弥までの申楽の歴史を云うなら、ざっとこんなものである。

二

主上の前で七番を演じた世阿弥は、精一杯の技で舞った。自信に彼は陶酔した。六年前には彼は「花伝書」を書いている。父の観阿弥の芸術を筆に書き止めたものだが、二十二歳で父に死別した彼は、その後の十六年間の己の芸の体験を理論として織り込んでいる。それから謡曲も随分書いてきた。文章をつくることが愉《たの》しく、興奮が抑え切れなかった。古今の物語から取材して、己の世界をつくり上げた。幻影が涯《はて》しなく心に湧《わ》いてきた。どの幻像もみな彼自身が主役であった。彼の作劇は他人のためではなく、その中で絶えず己が動いていなければならなかった。

理論と作品の活動が、彼の演技を強い支えにした。もはや、揺ぎの無いものに思えた。逆にいえば、彼の芸術は演技が主人であって、作品も理論もそれに従属したものであったろう。しかし、演技の背骨は、それで一層強靭《きょうじん》なものとなった。充足した自信は、もっと彼を上へ駆り立てていた。

子の元雅《もとまさ》も、彼の眼からみて期待がもてた。観世一座も将軍の庇護の下に、今では他の座を圧して絶対である。環境の幸福が彼を包んでいた。芸はそれを踏まえて、磨きに精出したが、芸術家の幸福は、その頂上と谷底にあることを間もなく彼は知らねばならなかった。

十五日の夜もそうであったが、二十二日の道阿弥の演能を見物していた義満の様子は、ひどく疲れた顔色であった。身体《からだ》の動かしようが、いかにも大儀そうに見えた。まだ五十一歳だが、急に老《ふ》けて眺められた。

よほど疲労しているな、と世阿弥は思った。主上が十五、六日も滞在なされているので、その気苦労の故《せい》かとも思えたが、それから一カ月も経《た》つと義満が患《わずら》いついたことを彼は聞いた。

義満の病勢は、五月に入るとひどく悪くなったが、不思議に五日の朝になって持ち直した。が、その小康は一日だけのことで、その夜半からまた重態となり、危篤《きとく》をつづけて、あくる日の六日の夜、息を引き取った。

世阿弥は、義満が三月二十二日の晩に気色がひどく勝《すぐ》れないのを見たときから、かなりな不安を感じていた。絶頂の芸術家には絶えずつき纏《まと》う水のような危惧《きぐ》とは別な、ひどく現実的な不安である。そのことは、四十日も経たぬうちに起った義満の死で、案外に早く来た。

義満は芸の鑑賞家としては、一流であった。温い理解者でもあるが、きびしい批評家でもあった。芸の上では依怙贔屓《えこひいき》が無かった。世間の人は、義満が世阿弥を愛したのは、若い時の男色の関係の名残りであろうと云っている。事実はあったが、その評価には歪《ゆが》みがあった。世阿弥が十六のときの夏の日、四条東洞院《ひがしのとういん》の桟敷で、義満に連れられて祇園《ぎおん》祭を見物したことがある。そのとき、同席していた内大臣押小路公忠《おしこうじきんただ》の自分に向けた憎さげな眼つきを忘れることが出来ない。嫉妬《しっと》とも憎悪《ぞうお》とも云いようのない眼つきである。内大臣は後日、諸人に、将軍家が、乞食者《ほがいもの》を寵愛なされるのは、如何《いかが》なものであろう、と顔を顰《しか》めて吹聴《ふいちょう》して廻った。

そのような評判は、三十数年の間、世阿弥の芸に好奇に色づけされてきたものであった。しかし世阿弥の眼から見れば、義満は、芸のことには贅沢《ぜいたく》に眼の肥えた、おそろしい人であった。他人が考えているような甘い人ではない。この人の前で舞っていると、その視線が怕《こわ》くなって、かすかな怯《おび》えを覚えることさえあった。

後年、金春禅竹《こんぱるぜんちく》の書いた「花をかざし玉をみがく風流《ふりゅう》に至りては、鹿苑院殿《ろくおんいん》（義満）の御代《みよ》より殊《こと》に盛りにして、和州江州の芸人、あまねく御覧じ別《わか》ち、強俗を斥《しりぞ》け、幽玄をば請《しょう》じ、諸家の名匠善悪の御批判、分明仰《おお》せ出《いで》されしより、道の筋目品々位々を弁《わきま》え、芸道に於《お》いては更に私なきものなり」という文句を持ち出すまでもない。義満は、中楽興隆の開発者であり、厳しい審判者でもあった。

芸術家にとっては、己の芸術の一番の理解者や、保護者を失うことは、時には一種の自己喪失でさえある。失望というような生やさしいものではない。宙に置かれたような虚脱感に陥るのだ。まして義満は当代の権力者ではなかったか。

考えてみれば、世阿弥は、はじめから仕合せな身分のなかで成長した。彼は少年時代から義満の傍にあった。父の観阿弥がしたような世間の苦労が無い。さまざまな堂上人や武家が彼の芸の鑑賞者であった。彼らの喝采《かっさい》をきき、匂《にお》うような貴族の空気を吸って舞って来た。

――義満の死は、俄《にわ》かに世阿弥を眩《まぶ》しいばかりのその舞台から追い落した。将軍はすでに義持であった。将軍といっても、父の義満が生きている間は、己の思うような振舞は出来なかった。とかくの遠慮があったが、父子の間は、傍《はた》の眼から見ても、面白くなく見えた。

人々は、それを蔭《かげ》で、このように噂《うわさ》した。義満は、長子の義持よりも次子の義嗣を可愛がっている。義嗣は、父に愛せられるだけの豊かな天分をその性格に持っていた。そのため兄弟の間の不仲なことはもとよりであるが、自分に冷たい父を義持が恨んでいる、というのである。

そのせいか、世阿弥は、日ごろからこの義持が気鬱《きうつ》な存在であった。何となく彼から敵意を感じ取っていた。義満の寵愛をうけているから、彼の憎しみをうけているに違いないという意識は、単に気を廻した思い過しだけではなさそうだった。

その証拠に、義持は一度も彼に笑顔を見せたことが無い。こちらから丁寧に挨拶《あいさつ》しても、眼をあらぬところに遣《や》って、傲慢《ごうまん》に口を閉じて知らぬ顔をしている。そのくせ、どこかで世阿弥の横顔をじっと睨《にら》んでいるのだ。取りつきにくい男ではない。他の者には愛想がよく、平気で談笑するのである。

その義持が、義満の臨終の瞬間から将軍としての権力を握った。気の重い話だけで済むことではなかった。世阿弥は保護者を喪《うしな》ったばかりではない。この新しい敵を迎えねばならなかった。

気づくと、応永十五年春の北山での主上の前に演じた申楽能は、世阿弥の生涯で一番の頂点であった。その時は、当人は一向に分らなくとも、あとで下り坂を駆け下りたときに、はじめて、そう知るのである。

三

義持の行動は、まず弟の義嗣を捕えて、相国寺《しようこくじ》に幽閉したことから始まった。義嗣は遁世《とんせい》して入道となったが、間もなく自刃《じじん》して果てた。

世阿弥は、この義嗣が好きであった。父の義満の芸術的な天分の血を、最も多くついでいるのは義嗣であった。人柄もいいし、世阿弥を愛してくれていた。この人が将軍になることを世阿弥は心の奥で秘《ひそ》かに望んでいた。それは彼の芸と家の繁栄と安泰な継承である。芸道の時の王座にある者が、いつでも貪欲《どんよく》に手離し得ない我欲であった。

然《しか》し、義持が、義嗣を死に走らせた行動に出たときから、世阿弥の空頼みは崩壊した。乾いた絶望だけが、黒い砂のようにざらざらと残された。

その義嗣の自殺の噂がまだ鎮《しず》まらない或《あ》る日のことである。義持はどういう了簡《りようけん》からか、世阿弥を呼んで訊《き》いた。

「増阿弥《ぞうあみ》の田楽は、おれには面白いと思うが、お前はどう見るか?」

と云うのである。義持のさり気ない訊き方には、試すような意地悪い薄ら笑いが含まれていた。

「増阿弥の田楽は、いつぞや南都東北院で見たことがございます。そのとき、立合の東の方より西に立ち廻って、扇の先ばかりでそとあしろいをしてとどめたところなど、詩人の賞玩《しょうがん》は知らず、私には、なかなかの妙技だと感じ入りました。能が持った音曲、音曲持った能と心得ます」

それは別に世辞ではなく、思った通りであった。田楽新座の太夫《たゆう》、増阿弥を彼はそのように認めていた。義持は、その返答に満足そうに何度もうなずいた。柔和に同感した。だが、眼の奥は相変らず冷たいものだった。世阿弥は思わずはっとなった。予感は当った。その質問の意味が残虐《ざんぎゃく》であったことは、すぐに知らされた。

その日から世阿弥は、将軍には用の無い人間になってしまった。能楽は変りなく旺《さか》んに催された。が、それは世阿弥の申楽《さるがく》ではなく、増阿弥の田楽だけだった。義持の質問の下心は悪《にく》しみに満ちた念の入ったものであった。

世阿弥は、義持から蹴落《けおと》された。それから長い十年間、ただの一度も勧進申楽は無かった。世阿弥は抛《ほう》り出されて捨てられてしまった。義持の嗤《わら》う声が耳に聞えた。

増阿弥の演能による噂ばかり世間に高い。桟敷は管領《かんれい》が奉行し、将軍はその度に出向いて見物した。法勝寺五大堂、六角堂、祇園などで行われた勧進田楽は、殊更に評判が高かった。増阿弥は権力の座に舞って、当世の流行児になってしまった。

すべての装飾が、世阿弥から剝《は》ぎ取られた。芸術家の煩悶《はんもん》は、一度その特権の装飾を着たことによって、二重に深い。望みを得ない者よりも、落された者の方に地獄がある。焦躁《しょうそう》が身体を震わして、燃え立った。

世阿弥の著述が、この苦悩の時代に始まったという述べ方は正確だが、印象が常識に横辷《よこすべ》りする危険がある。彼は望みを喪ったから著作に没頭したのではない。挑むような野望に憑《つ》かれて著作に没入したのだ。或る芸術家には諦観《ていかん》も隠遁も無い。抱いているのは隠微に燃える勝利への執念だけである。

彼は謡曲の創作に打ち込んだ。これだけは余人に出来ないという自負は以前からあってのことだ。特技を意識したこの自信は充分に根をひろげて爽快《そうかい》であった。それが彼を駆り立てた。彼の生涯での多作だった謡曲の大部分が、この経歴の上では沈澱《ちんでん》の時代に書かれた。

それから彼は自分の芸道での継承を、子に完成させようとした。彼には元雅と元能《もとよし》という二人の子がいる。末の元能はものになるまい。見込みのあるのは元雅ひとりであった。この子は七つの年から稽古《けいこ》させた。もう二十七だが、その芸の成長は彼の心に叶《かな》っている。行末が、両手を揉《も》み合せたいくらいに愉しい。素質はある。自分の血を奪い取っているとみてよい。

世阿弥は、父の観阿弥から芸道で、どのように沢山な教訓をうけてきたか覚えていた。彼の芸術の土台は観阿弥である。

観阿弥の出た大和猿楽の芸風は、物真似《ものまね》が主であった。あるものをその形の通りにあるがままに写して演出する。写実という後世の言葉におき代えてもよい。ところが近江猿楽の方は幽玄の風趣を主とした。これも情緒主義という後代の言葉に置きかえられる。観阿弥の工夫は、この物真似に幽玄を取り入れた。写実の基礎の上に情緒を載せて融合させたのである。写実だけでは奥行も感情も無い。さりとて情緒だけではいかにも素描が頼りなく、繊弱で、量感が無い。観阿弥の着想は、物真似の線に、幽玄の色彩を塗って己の芸を仕上げたのである。

それだけでは済まなかった。曲舞《くせまい》の部分も採取した。曲舞は拍子を調子の基本とする。大和猿楽の謡《うたい》は小歌節の上に立てられた音曲である。これに曲舞の音律を入れて、目新しい作曲をした。調子は高くなり、優雅なものとなった。彼の申楽が義満の鑑賞に上ったのは、そのような工夫にある。田楽のよさを取り入れるためには、田楽の名人一忠《いっちゅう》を見習った。曲舞をとるためには、曲舞師乙鶴《おとづる》について稽古した。彼は己の芸のためには、意地穢《きたな》く他人を偸《ぬす》んだ。

そのようなことは、世阿弥が四十代の初めにこまごまと「花伝書」と名づけて書きとめて置いたものだった。これは、父からの継承を書いたものだ。

今度は己の番である。自分のものを子に遷《うつ》さねばならぬ。それだけのものを、自分が持っていたことに彼は満足した。渡してよい子のあることも、まず仕合せである。

「手がけよう」

と世阿弥は、口に出して云《い》った。言葉は低いが周囲が一瞬に強く見えたほど自分には充実したものであった。

彼の据った眼には、煩瑣《はんさ》な芸道の仄暗《ほのぐら》い奥道がありありと映ったに違いない。その眼のふちには、もう六十近い齢《とし》の皺《しわ》が刻んで寄り集っていた。

四

世阿弥は、五十六歳の時に「花伝書、別紙口伝」を書いた。五十七歳の時に「音曲声出口伝」を書いた。五十八歳には「至花道書」を書き、五十九歳には「二曲三体絵図」を仕上げ、その翌年には、「能作書」を脱稿した。

老いに近づいてくると、眼が遠くなってきて、書く文字が霞《かす》んで仕方がない。彼の筆の速度は、もとから決して遅い方ではなかった。が、それでも若い時のようにははかどらなかった。冬は手足が冷えて、炬燵《こたつ》なしには一刻も辛抱が出来ない。ただ、仕合せなことには、夜中に眼が冴《さ》えていつまでも寝つかれなかった。彼は狭い家の中で、若い者に遠慮しながら、低い咳払《せきばら》いをつづけて朝まで起きているのであった。

どうかすると、昼間は坐《すわ》ったまま、何度も居睡《いねむ》りをした。この頃は前歯が無くなり、下唇が垂れてきた。涎《よだれ》がその唇の端から洩《も》れて書きかけの紙を濡《ぬ》らすことも一再ではなかった。ただ、その睡りは浅いもので、自分では眼を開けているつもりのことがよくあった。大ていは表現の文章に行き詰ったり、考えに凝ったりしているときである。睡っても、考えは前からのつづきを追ってゆらゆらと彷徨《ほうこう》していた。

「としをとったな」

と自分でも思った。もう若い時のように美しい姿態で舞うことは出来まい。彼は、火《ひ》桶《おけ》にかざした関節のあらわな、乾《ひ》からびた自分の指を見つめた。苛立《いらだ》つくらい不満だが、身体《からだ》の老いがそうなのである。が、老いの敗北は感じぬ。彼は、背を丸めて、眩しそうに眼を細めながら、紙の上に筆を動かした。

「老人の花はありて、年寄と見ゆる口伝というのは、まず、老人らしい振舞いというものを、心にかけないのである。舞や働きというものは、楽の拍子に合せて足踏したり、手を指し引きするものだが、老人になると聊《いささ》かずつ遅目におくれがちになるのが普通である。この故実が、何よりも老人めかす型であるのだ。これをよく心得て、その他のことは、いかにも花やかに演ずるがよい。例えば老人の心持というものは、万事につけて若々しく振舞いたがるものである。しかし老人のことだから体力もなく、身動きも鈍重であり、耳も遠くなっているから、気ばかり逸《はや》っても、振舞いがそれに伴わない。この道理を知ることが真の老人の物真似なのである。つまり、技《わざ》をば年寄の望みのように、若々しく振舞うがよい。これ、年寄が若さを羨《うらや》む気持なり振舞いを真似ることにならないか。年寄の若振舞いは珍しさを生む理《ことわり》となる。こうすれば老人の花が生れるのである。——」

ここまで一気に書いて、世阿弥はふと瞳《ひとみ》をおこした。彼には前に書いたことのある「花伝書」のなかの「能はさがらねども、力なく、ようよう年闌《た》け行けば、身の花もよそ目の花も失する・もしこの頃まで失《う》せざらん花こそまことの花にてはあるべけれ・まことの花の残りたるしてとは、いかなる若きして、なりとも勝つことあるまじき也《なり》」の一句が思い浮かんで来たからである。

「年寄の心には、何事も若くしたがるものなり」と今、技《わざ》の説明に彼は書いてしまったが、自分の秘密な深部を無神経に引掻《ひっか》いたような不快を覚えた。若いものに敗北してなるかと力んでいる彼自身が、この嫌な表現の字句の中に押し嵌《こ》められていないか。彼は不機嫌な顔になった。年寄りの羨望《せんぼう》と嫉《そね》みという一般の演技論のこの主題が、思いがけない毒液の飛沫《ひまつ》を彼に浴びせた仕儀となった。巧緻《こうち》な演出は、心理の描写である。

しかし、と彼は渋面をつくって首を振った。芸に老いは無い。芸の花こそ、どのような若い仕手《して》でも及ばぬところだ。圧迫されるような若さを敗北させるのは、ただ老いても完成される花だけである。おれは若さを妬《ねた》んでいるのではない。おれの芸道が彼らを倒そうとしているのだ。——

六十歳の世阿弥は、そんなことを考えながら若い年代と格闘している己の姿を凄惨《せいさん》に意識していた。

花という修辞を世阿弥は好きである。これは観衆を舞台から倦怠《けんたい》させぬ新奇な演技の企《たく》みの言葉である。芸術は先《ま》ず何よりも面白くなくてはならぬ。花とは、面白さの工夫である。歌、舞の二曲と老、女、軍の三体に制約された幽幻と物真似の世界での面白さのまことの作意とは、やはり習練の積み上げの果に獲られるものだ。それも天分のある者だけがである。

こう考えてきて、世阿弥は、はじめて鷹揚《おうよう》な安堵《あんど》を覚えた。習練と天分の神域のなかに身を置いた安らぎである。老いの劣弱感は遠ざかり、依怙地《いこじ》な拒否の特権が意識に上ってくる。

それで彼は勢づいて、「別紙口伝」の結末にこう書くことが出来た。

「わが能芸に於《おい》ては、家の大事であり、一代一人の相伝のものである。たといわが子であっても不器量の者には伝えてならない。家々にあらず、嗣《つ》ぐを以《もつ》て家とす、人々にあらず、知るを以て人とす、ということがある。この口伝こそ、万徳了達の妙花を究める所のものであろう」

この一句の中に、彼の頑《かたくな》な拒否の授与がある。どの芸術家も持っているすさまじい老いの自我である。

この自負なら、同時代の道阿弥、増阿弥などの芸能者を罵倒《ばとう》することは何でもないことであった。

「喜阿弥は、横の声で謡い出して、同じく横の声で謡いとめる不思議なことをやった。彼は無学文盲で謡の文句の意味をとり違えていた。時々、妙な訛《なま》りもあった。増阿弥は開口で、『長生不老の政事《まつりごと》は此《こ》の御代《みよ》に治り』という所の『治り』をば、落して謡っている。しかし、あれでは全く祝言《しゅうげん》の音曲ではない。増阿の音曲で、開口の謡が面白いと世間で云っているのは、望憶（哀愁の追憶）の声がかりがあるためである。祝言と申す音曲には、面白く感じるような曲はあるべきものではないのだ――」

曾《かつ》ての己の地位にとって代った増阿弥の芸風には、唾《つば》を吐きかけたいくらいな憎悪《ぞうお》があった。

世阿弥は、相変らず背を丸めて、眼を光らせ、夜中に咳払いをつづけながら、次の「至花道書」「能作書」の仕事にとりかかって行った。

五

世阿弥は六十二歳となった。この年、彼のあとをついだ十郎元雅が、醍醐《だいご》清滝宮《きよたきのみや》の楽頭職となった。

このことを、世阿弥と観世一座にいかにも春の陽が当ったと受け取る印象は本当ではない。その証拠に、増阿弥はやはり将軍の愛寵《あいちょう》のもとに、主座を占めて、貴族たちの賞讃《しょうさん》に舞っていた。清滝の楽頭は従来、榎並《えなみ》猿楽の担当するところだったが、その一族が相ついで死んだので、お鉢が世阿弥の所へ廻ってきたに過ぎない。ただ、一時、小さな運が当ったと云えばいえないことはなかった。

しかるに応永三十五年の正月、前将軍義持が死に、その翌年、弟の義教《よしのり》が六代の将軍職についた。義教はそれまで義円《ぎえん》といって青蓮院《しょうれんいん》門跡であったが、還俗《げんぞく》したのである。

世阿弥の心には暗い翳《かげ》がよぎった。いやな予感が湧《わ》いてひろがった。彼は新将軍が、自分に眼をかけてくれた生前の義嗣とひどく仲の悪かったことを知っていた。その上、義教が露骨な感情家であることも分っていた。悪い予感は、この新しい権力者が、何か粗暴な腹癒《はらい》せを自分に加えてくるのではないか、という惧《おそ》れだった。

この予感は、案外に早く現実のものとなった。義教が将軍になった早々の年の五月、将軍勧進のもとに中楽を催すから、世阿弥と元雅とその甥《おい》の元重《もとしげ》とに出場するよう達しがあった。尚《なお》、これには宝生太夫の一座が出るとも云い添えてあった。

若い元雅は、頬を上気させて無邪気に興奮している。彼は逸っていた。自分の技に若者らしい自負をもって必ず宝生一派に打ち克《か》って見せる、と元気そうに云っていた。

世阿弥は気負っている息子の様子を見詰めて、気の乗らぬ顔をして黙った。元雅は、己の芸を将軍に見せて認めさせ、ここ十数年、凋落《ちょうらく》した観世一座をもと通りに浮かび上らせるつもりらしい。世阿弥は、今度の競演が、その逆の結果になると直感していた。義教の性格からみて、どこにも彼の好意を計算することは出来なかった。追い落されたまま、六十いくつの年齢を冷たく重ねた世阿弥には、他人の気持が、歩き慣れた大和の地理よりも分っていた。

五月三日、室町殿御所の笠懸松《かさかけのまつ》の馬場で、賑《にぎ》やかな申楽が興行された。元雅も元重も懸命に舞った。宝生太夫の熱演も無論のことである。舞台は野天のことで、初夏の陽が眩《まぶ》しい光を一めんに地に敷いていた。生きた馬と実際の甲冑《かっちゅう》を用いた珍しい演能で、馬の量感と鎧《よろい》の金具の輝きとが、一層に能舞の律動を豪華にした。

離れた場所で後見している世阿弥は、ひそかに正面の桟敷《さじき》にある義教の顔を窺《うかが》った。後年、暗殺の運命に遭遇する精悍《せいかん》なこの将軍は、時々、傍に居る山名や細川や畠山《はたけやま》や一色などという大名たちと批判らしい語を交しているだけで、遠くからはその顔色を読める筈《はず》は無かった。陽が、かっと明るいだけに、世阿弥にはあたりがそらぞらしく見えた。

その夜、元雅は、今日の出来の批評を父に求めた。彼はかなりの自恃《じじ》を持っているらしかった。世阿弥も元雅の出来が一番であることを知っていた。少くとも甥の元重とは格段の開きがあった。世阿弥はそのことを告げようと思ったが、言葉が素直に出なかった。元雅を喜ばす言葉を閊《つか》えさせる何かが気持に働いていたのである。彼は鬱《うっ》陶《とう》しげな眼つきになって口を濁した。

それから十日目のことである。元雅と世阿弥は、今後、仙洞《せんとう》御所への出入りを禁止するという通達を義教から受けた。

「早かったな」

と世阿弥は思った。彼は爪《つめ》を噛《か》んだ。予想通りに崩壊が始まったという満足が身体のどこかで動いていた。抵抗出来ぬ破壊は、時に壮快なものである。

元雅の方は呆然《ぼうぜん》としていた。何が始まったか、彼にはよく分らないらしかった。仙洞御所の主《あるじ》は、曾て世阿弥の絶頂のとき、義満の北山の第に臨まれた後小松院であった。主上は、その時から世阿弥をいたく贔屓《ひいき》の模様であった。それ以来、正月には世阿弥と元雅とは御所に参内して演能するのが度々であった。主上は、それを何よりの愉《たの》しみに賞玩《しょうがん》された様子であった。あとで聞く噂《うわさ》には、院のそのお愉しみを抑えて、世阿弥父子《おやこ》を追放したのは、義教の直言だというのであった。

それを裏書きするように、次の正月からは、十郎元重が院に出入りするようになった。

「元重が」

と世阿弥は敵の出方の不意に声が出なかった。元重は彼の甥であり、元雅の従弟《いとこ》であった。他人ではない、身内の者を義教は意地悪く引き抜いて世阿弥の正面に立てた。のみならず、その元重を音阿弥《おんあみ》と名乗らせて、己の同朋《どうぼう》衆にして鍾愛した。

他座の者ならまだ我慢出来る。身近な者が己を抜いて栄光の位置に坐ることは、同じ道を歩く者にとっては耐えられなかった。ことに芸術の世界ではそうなのである。他人よりも、近親者に勝たれることが、余計に敗辱と嫉妬《しっと》なのである。敵意の感情は、他人よりも一層に悽愴《せいそう》であった。義教の仕打ちは、その効果を心地よげに覚えての根性からだった。

そのことが、更に形に現われたのは、明る年の春、元雅が醍醐清滝宮の楽頭職を罷《ひ》免《めん》され、そのあとに音阿弥が据えられたことであった。将軍義教の蒼白《あおじろ》い嗜虐《しぎゃく》の皮膚は、陰湿に粘って震えていた。

元雅の落胆と憤懣《ふんまん》は、見るも哀れである。彼は三日も四日も何も食べず、病みついてしまった。その果てに、気力の失せた鈍い眼で世阿弥に向い、自分はとてもこの地に居ることは辛抱出来ぬから、田舎に引込みたいと云《い》い出した。頰はこけて、唇の色は紙のように白かった。霖雨《りんう》の降る蒸し暑い夜、元雅は遁《に》げるように京から脱けた。

二男の元能は出家した。彼には能楽の才は無かったが、父と兄の芸談の問答を書きとめた「中楽談儀」を遺《のこ》したのがその方のただ一つの業績である。

元雅が落ちた先は、大和の高市郡の越智《おち》であった。彼はその地を住いとして、そのあたりの田舎の神社の祭礼を巡って興行し、乏しい生活を支えていたらしい。山と山の間にとり附くように散在している部落々々を放浪して歩く観世十郎元雅の一座を、世阿弥は京の侘《わ》びしい住居で、例の背の丸まった恰好《かっこう》で凝《じ》っと想像していた。

元雅が伊勢国安濃津《いせのくにあのつ》の流浪《るろう》先で病死したという報《しら》せを世阿弥がうけ取ったのは、それから二年後の、坐《すわ》っていても汗の噴き出る夏の暑い日であった。

六

世阿弥は元雅の才能を愛していた。彼が己の芸道を伝えようと図ったのは、たしかにこの元雅一人であった。彼が綴《つづ》ってきたさまざまな書きものは、元雅のためにのこしてやる目的であった。それにはいささかの間違いもない。

然《しか》し、と世阿弥は、ここで疑わしげな眼を上げた。おれは全部を元雅に伝えるつもりだったろうか。どうもそうではない気がする。どこかに一点だけ匿《かく》して置きたい気持が始終うごいていたようだった。すべてを与えることに自分は臆病《おくびょう》だったようである。何もかも放出することは、結局は自分が空《から》になることであった。己自身が消失することが恐ろしかった。何か一つだけ隠匿《いんとく》して死ぬまで持ちつづけて置きたかった。それが無ければ、とても生きてゆく気力は無いように思われた。子の愛とか情とかとは離れたものである。芸は、本能的にもっと吝嗇《りんしょく》なものではないか。——

元雅の死は、随分と世阿弥を悲嘆させた。そのため彼は「夢跡一帋《いっし》」の一文を草したほどであった。だが、その中で「善春（元雅）、又祖父にもこえたる堪能《たんのう》と見えしほどに、ともに云うべくして、いわざるは、人をうしのう、という本文にまかせて、道の秘伝奥儀《おうぎ》、ことごとく伝えつる数々、一炊の夢となりて」と書いた一句に、世阿弥は自身で懐疑をもった。悉く《ことごと》伝えたと考えていたのは、実は表面の観念であった。その底に張っている氷のような拒否の自我は、消しようも無かった。

それだから、まして音阿弥が将軍義教にせがんで、世阿弥の「口伝」を借覧したいと云わせて来たときには、世阿弥は昂然《こうぜん》と断わった。「口伝」とは何か。この神秘めいた秘伝は、芸術の荘重な惜しみではないか。

元雅の死によって、観世座四代の座頭《ざがしら》は義教の指図で待ち構えていたように音阿弥が嗣いだ。

永享《えいきょう》六年五月、世阿弥は将軍から佐渡遠島の命をうけた。理由はさだかでない。世阿弥が義教の命をきかず、音阿弥に口伝書を見せなかったことが挙げられているが、すでに義教の憎悪《ぞうお》をうけていることだけで、理由は足りた。

「七十以後口伝」を去年に書いた世阿弥は、七十二歳の瘠《や》せた身体《からだ》を提げて、五月四日都から佐渡に旅立った。

琵琶《びわ》湖を舟でよぎり北近江に着き、陸路を小浜についた。この土地は、いつぞや彼が来たことのある所だが、今は老耄《ろうもう》の身なので記憶も定かでなかった。入江は見事な屈折をつくってその涯《はて》に雲が湧いている。彼はここで風待ちのため二、三日とどまった。夜の海上では美しい月を見ることが出来た。

風がしずまったので、舟は沖に出た。行くては茫乎《ぼうこ》として涯が知れない。世阿弥は、小さく縮んだ身体を伸ばして、船頭に、佐渡まではどの位あるか、ときいた。船頭が答えるには、遥々《はるばる》の船路だと云う。北海はひろがり、雲を洗って一島も無い。東の方は時雨《しぐ》れているらしく、濁った雲の端に加賀の白山が見えた。

世阿弥をのせた舟は能登《のと》の珠洲《すず》の岬を廻った。海上で昼と夜がいくつも過ぎた。その月の下旬、朝の海に霞《かす》んだ島を見ることが出来た。舟が漕《こ》いでゆくに従って、島の山がひろがって来る。彼が上陸したところはまことに淋《さび》しいところである。ここは何《ど》処《こ》かと問うて見れば、佐渡の海の大田の浦という答えであった。

その夜は大田に泊り、明くれば山路を馬で登って峠を越え、雑太の郡新保《しんぼ》という所に到着した。ここで国守の代官が待っていて、横柄《おうへい》な態度で世阿弥の身体を護送の役人よりうけ取り、満福寺という小さい寺に泊らせた。この寺の有様を見ると、後には寒松がむら立ち、山風がそよぎ、木蔭《こかげ》には遣《や》り水が苔《こけ》を伝って流れ、岩垣は露や雫《しずく》になめらかにうるおって、まことに長い星霜《せいそう》を経た様子であった。世阿弥は、わが墓所もやがて此処《ここ》となるであろうと観念した。

しかし、そのうち泉という国府のあるところへ移された。宿所は正法寺という小さい寺であった。彼はここに、永享九年、将軍義教が殺されたため赦免になるまで、四年の歳月を送った。この時のことを書いた本が「金島集」一巻であった。

「金島集」には、世阿弥は一言の愚痴も書かなかった。露骨な感情はどこにも出さなかった。ただ、罪無くして配所の月を眺めるということは、古人の望みであるから、このような境涯になることは、自分にもそうした心があるのであろう、という一章を書いただけである。そのほかは、普通の紀行文と間違うくらい淡い文章の飾りであった。

世阿弥の心は、すでに枯れた世界に沈んでいたのであろうか。いや、枯れたのは彼の齢《よわい》七十数歳の身体だけである。彼の落ち窪《くぼ》んだ眼窩《がんか》の中には、やはり異様に底光りのする眼があった。彼は相変らず、執念と忿恨《ふんこん》と焦躁《しょうそう》とを、その露《あら》わな肋《あばら》の胸の底に真黒に持っていた。若いときと変っていなかった。芸道の人間は死ぬまでそのような業《ごう》をもちつづけるものである。

島から帰された世阿弥は、むすめ婿《むこ》の金春禅竹のところに身を寄せて、八十一歳で果てた。この高齢なひとりの老人が死んだことなど、その頃、人はもう話題にもしなくなっていた。

千利休

一

利休《りきゅう》は雪の中を大徳寺から帰った。天正十九年の閏《うるう》正月の末である。七十歳の瘠《や》せた身体《からだ》に寒さが沁《し》みた。

出迎えた妻の宗恩《そうおん》が表情を窺《うかが》うようにしたが、いつもの不機嫌な顔で奥に通った。顴骨《かんこつ》が出て、頬がすぼみ、顎《おとがい》のあたりで皮膚がたるんでいた。顔色に疲労があった。

宗恩が、留守の間に、細川忠興《ただおき》から生貝のあぶり二百個が届いた旨《むね》を告げた。

「そうか」

いつもなら、すぐそれを見たい、というのだが、それはさだめし美味であろう、晩の膳《ぜん》に上すがよい、と云《い》っただけで茶室に入った。

利休は、炉の前に坐《すわ》ったまま、茶杓《ちやしやく》をとる様子もなく凝然と身体を動かさずにいた。もとから体格の大きな男だったが、腰が少し曲って、前屈《まえかが》みの恰好《かつこう》は縮んだものだった。

五徳には紹鷗《じようおう》の霰釜《あられがま》がかかっている。利休の眼はそれにぼんやり視線を当てていた。無論、頭の中では、別なことを考えていた。

忠興が生貝を贈ってくれたのは、どういうつもりであろうか、と彼は思った。或《あるい》は見舞品のつもりでくれたのかも知れない。忠興のことだから、秀吉《ひでよし》の周囲の雲行きを逸早《いちはや》く読んだかも分らない。何だかそういうような気がした。

すると、自分にこういうものをくれる一方、政所《まんどころ》などに縋《すが》って、秀吉と自分の間を取り成そうと運動している忠興の姿が、利休の瞳《ひとみ》には泛《うか》んだ。いつも師には親切な男なのである。

利休は、忠興がかねがね自分の持っている挽木《ひきぎ》の鞘《さや》を欲しがっていることを思い出した。古雲鶴茶碗《うんかくちやわん》だが、長めの筒で胴の前後に黒を交えた丸紋の白象嵌《ぞうがん》があり、自身でも気に入ったものだった。そうだ。あれを進ぜよう、と彼は思った。

そのとき、利休はふと自分がいま形見分けの心になっているのではないか、という気がした。意識せずにその心算《つもり》になっていることに気づいたといえる。そして改めて、悪くはないな、と思った。

形見分けをするのだったら、誰に何をやろう、という考えが、はっきり意識に上った。金の屏風《びょうぶ》二枚のうちの一枚は、大徳寺の古渓和尚《こけいおしょう》に進上し、ほかの一枚は息子の紹安《じょうあん》に譲ろう、と、そんなところから何は誰、何は誰と次々に思いうかべた。が、現実はまだ意識に密着していなかった。間に隙《すき》があった。だから、それはどこかまだたのしい空想の部分があった。が、すぐにもその現実は必ず来る予感がした。

現実が、いよいよ皮膚に触れるまでは興ありげに待つ。利休のその時の気持は、そういう矛盾したものだった。

そのことは今日、大徳寺で古渓和尚と話したときも同様といえる。

和尚は山門に上げた利休の木像が秀吉の気色《しき》に触れたことを頻りと心配した。だが、相手はほかならぬ利休である。今まで秀吉の愛寵《あいちょう》をあれほど蒙《こうむ》っていたことであるから、秀吉の側近にいる利休の弟子たちが執り成せば必ず勘気はゆるむであろうと慰めた。和尚は本気でそう思っているらしかった。

利休は微笑していた。顔では古渓の言葉に和んでいるようでも、実際はもっと危険を切実に感じていた。他人の言葉の逆へ逆へと考え勝ちないつもの性質からのみではない。今度こそは苛酷《かこく》な命令を秀吉からうけ取る予感が冷たい水のように湧《わ》いてきた。

しかし、それが来るまでには、まだ間《ま》がある。その一分の間に利休の心はあそんでいた。

「不思議なものですな」

と利休は寺庭に咲いている梅に眼を遣《や》って云った。

「いつぞやあなたを慰めたのはわたしだった。今度は、わたしがあなたから慰められる番になった」

古渓は以前に秀吉の怒りをうけて筑前《ちくぜん》に流されたことがあった。そのとき送別の茶会を開き、和尚を慰めたのは利休であった。古渓が再び京へ呼び戻されたのは、利休が秀吉に切《しき》りと頼んだからである。が、今度は古渓はそのときの利休にはなり得ない。

「まことに、そうですな」

何も気づかずに和尚は返事した。二人の老人は声を揃《そろ》えて笑った。

大徳寺の山門金毛閣に、利休が雪踏《せった》ばきで杖《つえ》を突いて雪見をしている自分の木像を上げたのは、つい、この間のことである。山門は連歌師の宗長《そうちょう》が自蔵の「源氏物語」を売ってまで建てた。彼の力では山門だけしか出来なかった。その上部の金毛閣が利休の出費でようやく出来上った。和尚はよろこんで、そこに利休の木像を置くことを請《こ》うた。利休はそれに心を動かした。己の費用で建てた金毛閣に自像があることに不都合はあるまい。その時の利休は、そういう心持であった。

それを誰が秀吉の耳に吹き込んだか分らない。多分、仲の悪い石田治部あたりであろうと思うが、秀吉がそれを聞いて激怒している由《よし》であった。

山門はどのような身分の者でも、下をくぐるところである。その上に雪踏をはいた自像をのせるなどとは、沙汰《さた》の限りの僭上《せんじょう》である、というのが理由であった。

その問題が起ると、利休は出仕を遠慮した。当然に何かの沙汰が来るまで、そうするのが慣行であったが、このまま無事に済むとは思われない直感が時日の経過とともに、利休にはだんだん強くなってきた。

木像のことは、ただきっかけである。もっと本質的な、目に見えぬ長い間の秀吉との闘争が、ようやくこんな形式を借りて畢《おわ》りに来た、と感じたのであった。

二

利休が秀吉を知ったのは、かなり古いことであった。無論、彼がまだ羽柴《はしば》藤吉郎秀吉といった時代である。初見はどこであったか定かでない。利休が念頭に無いのは、それがまだ茶によって秀吉と関係づけられていない証拠であった。利休は、茶につながらぬ以上は、どのような武将でも印象が稀薄《きはく》であった。

しかし秀吉の声名は聞かぬでもなかった。合戦の度毎《たびごと》に抜群の手柄を立てて、信長の気に入り、異常な累進《るいしん》をしている位は承知していた。信長の前で茶を点《た》てているときでも、正客《しょうきゃく》と相客の間に秀吉の噂《うわさ》が交されていることも度々耳にした。のみならず、ときどき遠国《おんごく》の戦場から帰っては主君に報告に来る秀吉の面貌《めんぼう》も見知っていた。なるほど小柄だが精悍《せいかん》な顔附きと動作は、数多い織田の部将のなかでも目立っていた。だが、利休にあっては、それがいかなる人物であろうと、茶に縁の無い以上、所詮《しょせん》は途上の人間であった。武名も人気も、せいぜい空をよぎる遠い雲ほどの注意しかなかった。

それが初めて利休に秀吉というものを濃く印象づけたのは、秀吉が江州長浜に城をもらって、大原観音寺に茶屋を営んだという通知をもらってからであった。通知は、向後自分にも茶の指導をして貰《もら》いたい、という頼み状を兼ねていた。宛名《あてな》は「宗易《そうえき》公」とあった。

利休は、それをよんだ時、一人の数寄者《すきしゃ》を得たという喜びは、何故《なぜ》か純粋に湧いて来なかった。秀吉が信長に気に入られようために茶をはじめた、そんな政略的な匂《にお》いがどこかしていた。宗易公というのも、信長の茶頭《さどう》としての尊称であろうが、それにも秀吉らしい追従《ついしょう》めいたものが感じられた。

然《しか》し、その後の秀吉の茶に対する執心は、利休の当初の印象を忘れさせた。秀吉は、その戦場での戦いと同様、茶に対しても才能的であった。利休はその後、安土《あづち》でしばしば秀吉の茶の嗜《たしな》みを直接に見る機会があった。その作法といい、道具の目利《めき》きといい、利休を愕《おどろ》かせるに充分だった。彼もまた、他の人間と同様に秀吉に魅了されてしまった。

それで秀吉が播州《ばんしゅう》姫路城の主《あるじ》になったときは、わざわざ茶会に出席して、持参の霰釜を進上したほどであった。その時は朝会で、後々までもその模様を記憶した。客には津田宗及《そうきゅう》がいた。押入床に牧谿《もっけい》の大軸を掛け、小板に風炉《ふろ》を据えて利休持参の霰釜をかけ、大瓶の蓋《ふた》の水指、尼子《あまこ》勝久《かつひさ》旧蔵の台無しの灰かずきの天目茶碗という道具の取り合せであった。

秀吉はそのとき、もう四十を疾《と》うに越している年齢であった。彼は人なつこい眼許《めもと》に微笑の皺《しわ》を寄せて、茶については向後も昵懇《じっこん》に願いたい、と幾度も利休に云った。彼にはまだ毛利という大敵を討つ任務が残されていた。彼は毛利に対する闘志と同じぐらいに、茶に対しても並々ならぬ執心を示していた。

利休は秀吉のその情熱に動かされた。しかし秀吉の茶への執心は、何か利休の心に密着しないものがあった。どこかでずれていた。本来なら、秀吉のそうした意欲に、利休の方からのめってゆく筈《はず》であった。それが出来なかった。秀吉の茶への傾斜は、あらぬ方角へ滑っているように感じられた。当初に感じた不純なものとも異《ちが》う。何か分らない。このときは、ぼんやりそう感じたのであった。

天正十年に信長が横死した。博多の富商島井宗叱《そうしつ》（宗室）との約を果すため、蒐《しゅう》集《しゅう》の自慢の名物道具を披露した夜であった。彼はその夥《おびただ》しい名物と共に、火焔《かえん》の中に果てた。

利休が今井宗久《そうきゅう》と共に信長の茶席にはじめて出たのは、四十八、九歳のころであった。五十二歳のときには、信長の茶頭となっていた。信長の行動には、いろいろ非難があるけれど、茶に関する限り、利休は信長が好きであった。それは信長の茶の美に対する直感が、利休の審美と息を合せたということが出来る。或は室町以来の制度を微塵《みじん》に破壊したこの実力者の性根が、利休の心に一脈の共感を通じさせたのかも知れぬ。とに角、利休と信長とは寸分のずれもなく合致し、利休の心の方が信長に吸引されているに近かった。

信長が死ぬと、秀吉は迅速に中国陣から引返し、山崎表で明智《あけち》光秀《みつひで》を仆《たお》した。秀吉の目覚しい躍進がはじまった。彼は近江と濃尾を平定し、大徳寺で亡君の葬礼を営んだ。山崎には新城を築いた。利休の眼にも、今や秀吉が信長のあとつぎになりつつある有様が知れた。

利休は秀吉に呼ばれて山崎で茶室を造るよう頼まれた。依頼されたというよりも、命ぜられたという云い方が適切であろう。それほど秀吉はもう天下人《てんかびと》への道を奔《はし》っていた。

利休は、はじめてこの武将のために茶室を造った。妙喜庵《あん》のこの茶席は利休好みに二畳の小座敷であった。秀吉はそれを見て、まことに侘《わ》びある茶室である、と賞《ほ》めた。しかし秀吉がどこまで分っていたか、利休には疑問であった。秀吉は新築のその茶室であくる年の正月に朝会を開いた。利休と、宗久、宗甫《そうほ》、宗二、宗及、宗安の六人が参席した。床に虚堂《きどう》の墨蹟《ぼくせき》をかけ、松花《しょうか》の大壺《おおつぼ》を前に置き、炉には乙御前《おとごぜ》の釜を自在で釣った。水指は南蛮の芋頭、茶碗は高麗《こうらい》の井戸である。利休の取り合せであった。

このときも、秀吉は大そうの機嫌であった。名だたる堺衆《さかいしゅう》の茶湯者《ちゃのゆしゃ》を一席に集めた彼は、茶においても信長の跡目をついだ満足が見られた。茶に随喜しているのではなく、機嫌はそのことに陶酔しているように思われた。利休は、果してこの武人と向後うまく行くかどうか、将来の危惧《きぐ》が心に萌《きざ》した。

だが、利休と秀吉の関係は、そのことに関係なく、外見は平穏にすすんだ。堺衆は相変らず秀吉の茶席に喚《よ》ばれたが、その中には、必ず利休が加わっていた。

彼は六十二歳で秀吉の茶頭となった。

三

秀吉は、石山の本願寺を紀州に退かせて、そのあとに大坂城を造営した。天正十三年には関白となった。勿論《もちろん》、そこに来るまで、彼は忙しい合戦を重ねた。柴田《しばた》勝家を亡《ほろ》ぼし、小牧の陣で家康《いえやす》と信雄《のぶかつ》と戦い、四国の長曾我部《ちょうそかべ》を伐《う》ち、佐々成政《さっさなりまさ》を降《くだ》した。

その一方、彼は頻りと利休を用いた。

秀吉の勝利がすすむと、新しい降人《こうにん》や新附《しんぷ》の者が彼のもとへ頻りと来た。秀吉はそれらを城内の山里の数寄屋に誘うことを忘れなかった。其処《そこ》に利休が侍《はべ》る。すでに利休の名は、当代随一の茶湯者として世間に知れ渡っていた。秀吉は、自慢の大坂城を見せると同じに、彼らに利休を見せた。

山里の庵《いおり》は二畳敷であった。床は四尺五寸、壁は暦張《こよみばり》、左の隅に炉が切ってある。玉澗《ぎょくかん》の一軸、信楽《しがらき》の水指、面白《めんはく》の肩衝《かたつき》、井戸茶碗——こうした取り合せはその都度変るにしても、家康も、信雄も、小早川隆景《たかかげ》も、島津の使者も、博多の豪商も、新附の地方領主も、降人の武将も、一度は坐《すわ》らせられて、利休の点茶をうけたのであった。

そのときの秀吉の顔は、まことに得意さを幼稚に出していた。どうだ、おれは信長の茶頭であった利休をそのまま己の茶頭としているぞ、と云《い》いたい表情であった。

それが露骨に出たのは、家康がはじめて上洛《じょうらく》して来たときであった。小牧の役が済んで秀吉と和睦《わぼく》したすぐ後であった。家康を上方に呼ぶには大へん手古摺《てこず》って、秀吉は己の実母を交換に人質に浜松へ預けたくらいに厄介な手数を踏まねばならなかった。それだけに家康が上洛したことは秀吉をよろこばせたのである。

秀吉が家康と京の旅舎で対面したときは、利休もついて行って茶を点じた。そのとき、秀吉が利休の方を顎《あご》でしゃくって、家康に云った。

「徳川殿。この坊主《ぼうず》をお見知りですか？」

家康は、うなずいた。

「いかにも見覚えがあります」

すると秀吉は語を重ねた。

「なるほど徳川殿は安土の城で以前に御覧なされた筈ですな。これは千宗易と申して、茶湯では天下の名人です」

家康はこれにも、

「故右府殿に茶を頂いた折、よく見知って居《お》ります」

と答えて、実直そうに利休に言葉をかけ、

「あの時、右府殿の茶頭であったそなたが、今日、関白殿の茶頭を勤めているとは目出度い」

と云った。秀吉はそれを満足そうに横で聞いていた。さも、家康がそういうのを待っていたという風であった。

利休は、秀吉が、諸将の接待の道具に自分を利用しているとは思わない。利用されているとしたら、秀吉が己自身にである。そのほかの考え方は無かった。秀吉は信長になろうとしているのだ。これまでの秀吉のやり方を見ていると、戦争でも、部下の操縦でも、みんな信長の真似《まね》であった。信長の模倣において、利休を据えているとしか思えなかった。利休を茶頭としたことで、秀吉は信長になったつもりでいる。

すると、利休は勢い信長と秀吉とを比べないわけにはいかなかった。

信長は茶を解していた。たしかに茶の真《まこと》に直感を働かしていた。芸術に対する憧《あこが》れがあった。それだからこそ、自分はあれほど信長に執着することが出来た。構えは、要らなかった。彼に対しただけで、いつも充足があった。

しかし、秀吉は異なっていた。なるほど彼は数寄者として異常に熱心である。が、それは何か的が外れていた。美への直感というものが無かった。芸道の理解も上辷《うわすべ》りした、底の浅いものである。利休が秀吉に間隔を置いて、どこかで傍観している理由はそこにあった。実際、利休は秀吉に対して、いつまでもなずんで行けそうになかった。

秀吉が信長になれるとは、少くとも茶のことでは、飛んでもないことだと思った。しかし秀吉は当分は茶に就ては多少は謙虚であった。彼がまだ自分の行く手にかなりな敵をもっている間はである。が、日本中どこにも彼の頭の上を遮る障害が一物も無くなり、諸大名が彼の前に慴伏《しょうふく》すると、秀吉は巨大な頂上に立ち、どんなわが儘《まま》をしてもよい頂上になり上った。

この辺りから利休は、己と秀吉との間のずれが、少しずつ拡大されてゆくことを意識した。それが拡大するにつれて、漠然と考えていた秀吉の正体もはっきりしてきた。

秀吉は黄金の茶室を造った。三畳敷だが、天井、壁、その他みな金であった。あかり障子の骨まで黄金で、紙の代りに赤紗を張った。座敷の飾り棚は梨地《なしじ》で、金物は黄金である。のみならず道具まで金であった。切り合せの風炉、柄杓立《ひしゃくたて》、茶入、棗《なつめ》、四方盆《よほうぼん》、茶杓、蓋置《ふたおき》、火箸《ひばし》、茶碗《ちゃわん》、炭斗《すみとり》、火吹き、すべて黄金で出来ていた。秀吉はこれを豊後《ぶんご》より上った大友宗麟《そうりん》に観《み》せて彼を仰天させた。

普通の茶室に現われる秀吉の服装もそれに負けなかった。上に唐織の小袖《こそで》を着、五つむねに下までみな上のえりで、その上につけた胴服はぼけ裏の白い紙子《かみこ》、真赤な長い帯を一方長く結んで膝《ひざ》の下まで垂らし、頭には萌黄《もえぎ》のしじらのくくり頭巾《ずきん》を被《かぶ》り、小袖は足が見えぬ位に長めであった。こんな姿で悠々と二畳敷の茶席に坐った。

「成り上り者」

利休は顔をそむけて、この言葉を己の胸に吐いた。彼の秀吉への評価は、要するにこれであった。

利休が完成した己の芸術には、秀吉はおよそ裏側に居た。

四

利休は堺の町人武野紹鷗《たけのじょうおう》の弟子であるが、彼自身もこの地の魚問屋の伜《せがれ》であるから、この結びつきは、土地が媒介の役をしたといえそうである。人間同士の触れ合いは大体そのようなものである。事実、利休を紹鷗に紹介したのは、同じく堺にいた道陳《どうちん》という者であった。

利休は紹鷗から茶を習ったが、実際に遠い追慕を寄せていたのは、茶の開祖の珠光《じゅこう》であった。利休の茶は珠光を継承して、己の工夫を加えたことで完成した。

珠光の言葉としては、茶道具の取合せについて、藁屋《わらや》に名馬繫《つな》ぎたるがよし、麁相《そそう》なる座敷に名物置きたるがよし、風体尚以《ふうていなおもつ》て面白きなり、が高名に知られている。茶はそれまで東山風のきらびやかな書院の中で、高貴な粉飾をもった礼式として発達した。それを庶人風に直したのが珠光であった。四畳半の座敷は彼の創意である。鳥子《とりのこ》紙の白張り、杉板のふしなし、天井の小板ぶき、一間床。そこには禅僧の墨蹟をかけ、台子《だいす》を置く。炉を切って、及台子《きゅうだいす》を置合せる。卓には香炉、一色の立華《りっか》、料紙、硯箱《すずりばこ》。そんな飾り附けであった。四畳半が藁屋、道具が名馬なのである。茅屋《ぼうおく》の内の高貴な名器――その対照の破調の中に寂《さ》びた美を創《つく》った。無論、粗衣をまとって贅沢《ぜいたく》な精神をもつという、あの禅宗の翳《かげ》りをうけた、必然に、心がそこに起った。

珠光は東山流の貴族茶道を革命して、近畿の町人茶道を始めた。それが世間に迎えられて、ひろがった。町人だけではない。実力をもって世に出つつあった武士の間にも浸透した。彼らは貴族の出ではなく、多くは辺陬《へんすう》の下層豪族であった。中央の高貴な支配者は追い落されつつあり、下からのし上った彼らがそれにとって代ろうとしていた。東山流を破壊した珠光の茶風が、新しい実力者たちに受け入れられる魅力は充分にもっていた。

珠光の茶は、孫弟子の紹鷗がうけて、利休に伝えた。利休は珠光のものを、もっと濾過《ろか》した。或《あるい》は圧縮した。彼はそのことで、己の芸術が完成したと自負している。

利休は、四畳半では、まだ茅屋に至らぬと考えた。そこで、三畳、二畳半、二畳、一畳半の座敷を作り出した。三畳でも広すぎると後悔したこともある。茶を、いよいよ簡素なものにした。簡略にすることによって、精神は内側から膨れ上ってくる。形式の圧縮は、観念の饒舌《じょうぜつ》なのである。利休は次々に煩瑣《はんさ》なものを伐《き》って行った。彼は単純を限界に追い詰めた。それらのことに彼は満足した。これが侘びたる心であると思った。

茶をする多くのものは、道具の名物を珍重する。名馬を繋ぐ珠光の理想からいえば当然であった。だから道具の目利《めき》きは、茶湯者の資格の一つでさえあった。唐物とよばれる異国渡来の茶碗が珍重される。利休はこれにも離反した。彼は唐物の代りに軽蔑《けいべつ》されていた和物を使った。長次郎に焼かせた楽焼などがそうである。赤と黒の茶碗であった。

色彩といえば、利休は黒い色を好んだ。ただにそれが抹茶の緑色を引立たせるという効果からだけではない。黒色からうける美を賞玩《しょうがん》した。ここにも色彩の極限と煮詰めがある。だから同色系の鼠色《ねずみいろ》にも移行するのであった。

利休は華美を嫌悪《けんお》した。大げさな身振りを嫌った。自然な単純が彼の理念であった。室町書院を百姓家の草葺《くさぶ》きに引き直してしまった。露地《ろじ》の植木は山間《やまあい》の風情《ふぜい》である。簀戸《すど》はどこにもある百姓家の木戸をそのまま外してくる。駒下駄《こまげた》、雪踏《せった》など庶人の生活のものを平気で持ち込む。花生など胡銅《さはり》の勿体《もったい》ぶった重々しさの代りに、竹を切って軽妙な花筒にした。

利休の茶の芸術というものは、要するに、そういう薄墨の美であった。町人の茶であった。

信長は、その美が分っていた。この保護者は、利休を理解してくれていた。だから利休は安心して、己の茶の完成に努めることが出来た。

そこに、保護者として秀吉が交替した。彼は黄金の茶室をつくり、唐織の錦《にしき》の小袖を着て、紅色の長い帯を垂らしながら二畳半の座敷に現われる。彼は黒茶碗を嫌う。墨染めの襟、布子色の綿帯をつける利休の観念からすれば、我慢のならないものであった。

秀吉を数寄者《すきしや》というが、信長と違って、茶の心など分りはしない。少くとも己が完成して自負している茶の美をだ。茶は、俗物である彼の気どった装飾に過ぎない。

そう思うと利休は、秀吉という人物をだんだん軽蔑したくなってきた。秀吉は、むやみと官位を欲しがる。関白の次は太政大臣《だじょう》の位階を貰《もら》った。侍妾《じしょう》も由緒《ゆいしょ》ある身分の出からばかりとる。淀殿《よどの》の浅井《あざい》氏、加賀局《かがのつぼね》の前田氏、松の丸殿の京極氏、三条局の蒲《が》生《も》氏、三の丸殿の織田氏、みなそうである。それは出世した彼が、己を飾り立てんとする根性から出ていることなのだ。そのことは、彼の茶にも通っていないとどうして云えよう。

利休は、もう一度、秀吉という人物が我慢出来なくなった。

さりとて、利休は秀吉の前から後退する意志は少しも無かった。それでは茶の道が秀吉からいよいよ潰《けが》されることになりそうだった。諸大名は我も我もと争って茶事をしている。利休は、権勢に結び付いた茶が、その精神を秀吉に侵略されそうな気がした。

利休は秀吉と格闘しようと決心した。己の膝の下に敷いて組み伏せることを覚悟した。

彼の不屈な、傲岸《ごうがん》な眼が、老いた眼窩《がんか》の底に光った。

五

秀吉は、やはり茶会をしきりと続けた。それも彼らしい大規模な茶会を度々した。

天正十五年の正月には、大坂城内で大茶会を行った。博多の数寄者神谷《かみや》宗湛《そうたん》を呼んだときである。利休をはじめ、宗無、宗及が茶頭《さどう》をつとめ、諸大名が呼び入れられた。座敷の飾りは書院式の華やかなもので、宗無の茶頭となった分は、黄金台子の上に黄金の棗、台天目、風炉《ふろ》と釜《かま》、縁桶《ふちおけ》、柄杓立、合子《ごうし》、炭斗、火箸、すべて黄金造りという自慢の黄金茶器の飾りつけであった。座中の大名共がどよめいて、声は鬨《とき》をあげたと紛《まが》うほどだった。

同じ年の十月朔日《ついたち》には北野に有名な大茶会を催した。はじめは十日間にわたるつもりであった。秀吉の茶席は四席に囲い、その一席は彼が自ら点前《てまえ》をした。公卿《くぎよう》から町人に至るまで参じ、北野の松原に建てられた茶屋の数は、八百余軒もあった。前代未《み》聞《もん》のことであると洛中《らくちゆう》はもとより近畿にひびいた。

このような大げさなものでなくとも、大坂の城内や京都の聚楽第《じゆらくだい》では、度々秀吉主催の茶会があったが、その派手好みの精神は同じことであった。ある時は客将を招じ、ある時は富商の数寄者を迎えては茶席を設けたが、秀吉の背徳な態度は、少しも変るところがなかった。

無論、利休は秀吉の茶頭として、いずれの茶会にも参席した。それは、単に役目柄という責任のためばかりではない。責任はむしろ己の芸術を侵されまいとすることから、参会した。必ず秀吉を己の芸の下に敷いて見せる、と心に叫びつづけていた。

利休は、いつの間にか沢山な大名弟子に囲繞《いにょう》されていた。蒲生飛騨、細川忠興、高山右近《うこん》、古田織部、織田有楽《うらく》、小早川隆景、そのほか黒田孝高《よしたか》、伊達政宗《だてまさむね》、浅野長政《ながまさ》などの殆《ほとん》どの大小の大名が彼に近づいていた。そのうちの大ていの者が政治的な意味からの接近であることが分っていた。それだけの権力のようなものが、秀吉の茶頭をつとめることで、秀吉から反射されていた。のみならず、秀吉は内々の交渉ごとを利休が茶湯者であるという便利さから、柔軟な駆引に使ったこともあった。そのことが世間に権威めいて拡大された。利休は、それも知っている。

が、彼はこの重宝な地位に居ながら、秀吉の恩恵を考えなかった。彼には茶以外の何もない。背徳者秀吉への刃《やいば》は研ぎすまされるばかりだった。

秀吉には、利休のこの倨傲《きょごう》さが眼に映っていたに違いない。利休の完成した芸術に、彼は以前から或《あ》る息苦しさを感じていた。寸分の隙《すき》も崩れもない芸術――じだらくな秀吉は少々やりきれなくなっていた。利休が、膠《にかわ》のように固まった自負で強引にその芸を押しつけてくると、彼もまた利休に対して反撥《はんぱつ》せずには居られなかった。

保護者は、最初に偏愛した芸術家が巨《おお》きく成長し、その個性を強烈に強要してくると、遂《つい》には窒息を感じ、時には、嫌悪を覚えるものである。

秀吉もまた、利休に苛《いら》立《だ》ちを感じ、敵意を生じた。

こうして両人の闘争が、いつの頃にか始まった。——

さまざまなことがあった。

秀吉は、利休に水をいっぱいに張った黄金の鉢と、蕾《つぼみ》のついた一枝の紅梅を示した。これに活《い》けてみよ、と云《い》う。利休はいきなりその枝の蕾を手でしごき取って、そのまま黄金の鉢の中に投げ込んだ。水を湛《たた》えた黄金の鉢に、紅梅の蕾が無数に散り咲いたように漂った。利休は秀吉の云うことが笑止である。秀吉はその利休の顔を面憎《つらにく》そうに見た。

またのとき、秀吉は大仏殿の内陣を茶室に見立てて、茶をする人間がいるか、ときいた。秀吉にすれば、利休が二畳、一畳半などと座敷を狭く狭くするのを皮肉ったのである。大仏殿の内陣は広大である。あんな広いところでは、お前は茶をよう点《た》てまい、と言葉の外で云っていた。

「左様、伜ならやれると存じます」

利休は答えた。伜の紹安ならやれる、まして、おれに出来ぬことがあるか、利休も口に出した返辞の外で、そう云っていた。秀吉は、ふんと嗤《わら》っているような利休の顔を見て、不機嫌そうに黙った。

聚楽第の秀吉の朝会では、秀吉は前もって床柱前の肩衝《かたつき》と天目茶碗の間に野菊を一本はさんでいた。どうだ、風趣があろう、と彼は誇りたそうだった。入ってきた利休は、亭主の秀吉の作意を無視し、知らぬ顔をして野菊を抜き取って横に捨てるように置いた。客の黒田孝高の方が息を呑《の》んだ。秀吉は怒った眼を利休に向けた。利休はその眼にも取り合わなかった。秀吉のやることなど傍痛《かたはらいた》いという横顔であった。

利休は黒色が好きである。よく黒茶碗を用いた。秀吉は黒が嫌いであった。不吉な色だと思って嫌うのか、利休の好みであるから嫌うのか分らなかった。利休は己の茶会では、わざと黒茶碗を取り出して皆の前に見せた。このときの利休の眼は、いかにもうれしくてならぬ風であった。

天正十六年の秋には、大徳寺の古渓が秀吉の勘気に会って九州に流謫《るたく》されることになった。その送別の茶会を聚楽第の利休の庵《いおり》で開いた。相客には三人の和尚《おしよう》をよんだ。座敷は四畳半で四尺の床がついている。風炉に霰釜《あられがま》、地紋のついた水指、金《かね》の柄杓立《ひしやくたて》、五徳の蓋置《ふたおき》、台天目と尻膨《しりぶくら》の茶入という取合せである。それはよい。床には虚堂の墨蹟《ぼくせき》がかかっている。これは秀吉から表装を仕直すために預かっている一軸であった。己のものでない、役目の上から預かった品であるからもとより掛けるべきではない。ましてや秀吉のものである。その上に、この席は秀吉の怒りに触れた古渓のための席なのである。利休は、さも爽快《そうかい》そうな顔をしていた。――

利休と秀吉の間は、次第に険悪になってきた。

利休は、早晩何か来るかも知れぬな、と思った。秀吉の眼が以前と違う。野放図に屈託の無い眼が、利休に向うときだけ神経質な焦躁《しょうそう》と、籠《こも》ったような憎しみが見えていた。

しかし利休は、今さら引く気は毛頭無かった。危険に飛び下りてゆくような感じであった。秀吉を敗北させるか、自分が死ぬか、どちらかという心であった。彼は、傲岸に、秀吉を圧迫しつづけた。

生命の破滅を予感しながら、この巨大な権力者を芸術の上から虐《いじ》めてゆくことに、利休の心は快げに躍った。

それから、長い時をかけて、格闘は終った。――

六

利休が雪の中を大徳寺から帰って半月ほど経《た》った二月十三日、処断の前触れとして、先《ま》ず堺に引取って蟄居《ちっきょ》するようにとの秀吉からの命令が来た。

利休は明日を待たず、その日の夕刻、聚楽第の不審庵を出て淀川を下った。誰も見送る者は無いと予想していたのに、思いがけなく舟本で、こっそり見送ってくれる細川忠興と古田織部の姿を発見した。

利休は堺で閑居して次の命令を待っていると、十五日目に再び上洛の命が来た。彼はまた堺を出て、淀川を上った。

利休は故郷の堺も、これが見納めだな、と思った。年齢も七十である。背の曲りも前よりはひどくなったようである。もう死んでもいい、と思った。

舟の中で辞世の頌《じゆ》を考えつづけた。舷端《ふなさき》に伏見が見えるころ、ようやく想案がまとまった。

人生七十　力囲希咄《りきいきとつ》
吾這宝剣《わがこのほうけん》　祖仏共殺《そふつぐせっす》

提ぐる我得具足《えぐそく》の一つ太刀今此《こ》の時ぞ天に抛《なげう》つ

利休が伏見に着くと、武装した兵士が彼をとり囲んで、京の葭屋《あしや》町の屋敷に護送した。これは折から上洛していた上杉景勝《かげかつ》の兵が命をうけたのであった。

利休は、わが屋敷を同じく上杉の兵隊三千人に包囲されたまま、早春の底冷えする居室で二日間を待った。待つのは秀吉の使いの携えてくる断罪の書であった。

二十八日は朝から空が鬱陶《うっとう》しく曇り、室内は夕時のように暗かった。巳《み》の刻から雨が強く降り出した。その中を雷鳴が遠くから近づいてきた。

「今日あたりは来るかも知れぬな」

利休は何だかそういう気がした。今日のような天気の日に死の使いが来なかったら、来る日は無いくらいに思われた。或《あるい》はそれは秀吉の性格からぼんやりそう予想したのかもしれなかった。

最後の用意は、すべて出来ていた。家屋、田地、地子銭《じしせん》、家賃に関するこまごまのこと、道具の贈呈先、みんな出来ていた。いつかはこのことを半ば空想的に考えたこともあった。まだ堺に蟄居を申し渡されない前である。あのときは現実を考えながら、実は実態から浮き上っていた。間に遊べるだけの隙があった。が、今はなまの現実が感覚に氷のようなきびしさで逼《せま》っていた。表からは人声がする。それは警備している上杉の兵たちの声である。そういう聴覚からくる現実感は仮借が無かった。が、奇妙なことに、利休は最後の瞬間までには、まだ一枚の紙が入るだけの間隔を何となく意識していた。

三人の上使が到着したのは、午《ひる》すぎであった。雨はますます強い。室内はいよいよ暗い。雷鳴はやんだが、雨にまじった霰が烈《はげ》しい音を立てた。

検使尼子三郎左衛門は、懐《ふところ》から白い紙をとり出して罪状をよみはじめた。大徳寺山門に自らの木像を置いたこと僭上不遜《せんじょうふそん》であること、道具周旋に曲事《くせごと》を働いたこと——そういうことを三つ四つならべて、一つ一つ箇条をよんでゆき、最後に少し声を高めて、よって死を命じる旨《むね》をよみ聞かせた。死——ときいたときに、利休のそれまで漠然と感じていた間隔は急速に縮まり、それこそ紙一枚の隙なく現実が密着した。それまで心のどこかに賭《か》けていたのは、秀吉が死を投げつけてくるか、それを躊躇《ちゅうちょ》するかの二つであった。秀吉は、遂《つい》に死を抛《ほう》ってきた。とうとう秀吉は敗北した！　七十歳の利休は、眼に満足げな、翳《かげ》の多い笑いを泛《うか》べた。彼はそのまま身を起して、座敷の床に腰かけることが出来た。

検使の一人、蒔田淡路守《まきたあわじのかみ》がすすみ出て、介錯《かいしゃく》は手前が仕《つかまつ》りとう存じます、といんぎんに利休に申出た。彼は利休の弟子の一人であった。

「忝《かたじけ》ない」

利休は、礼を述べて、用意の小刀の柄を握った。炉の上の自在鉤《かぎ》には霰釜が湯をたぎらせて音を立てている。利休が長い生涯に聞きつけてきた音であった。隣室からは、こそとも気配が無い。しかしそこには妻の宗恩が、夫の骸《むくろ》に掛けるための白小袖《こそで》を持って待っている筈《はず》であった。この妻にも、すぐに死が逼るであろう。利休は腹に短刀を突き立てて、左から右に引いた。血はあふれ出たが、齢《とし》とって腕に力が無く、息をつくばかりで、思うように引けない。そこで一旦《いったん》、刀を置いて、下腹の切った口に手をさし込んで腸をつかみ出し、滴《したた》る血のまま自在の蛭鉤《ひるかぎ》にかけた。憤怒《ふんぬ》のあまりであった。

再び短刀をとったが、もう腹に突き立てるだけの気力がない。後に廻って待っていた蒔田淡路守が刀を下ろした。

雪舟

一

雪舟《せっしゅう》が、京都相国寺《しょうこくじ》の春林周藤《しゅんりんしゅうとう》のもとに弟子入りしたのは、永享《えいきょう》三年の秋、十二歳の時であった。この年、唐画《からえ》をよくしたといわれる東福寺の殿司《でんす》明兆《みんちょう》が歿《ぼつ》した。

雪舟は、無論、のちの号である。彼は備中《びっちゅう》の山奥、中国山脈の脊梁《せきりょう》に近い狭隘《きょうあい》な土地に藤原氏を名乗る家柄に生れた。家柄だけで、さして富裕ではなかった。兄が数人もある。出家せねばならなかったのは、分けて貰《もら》う何ものも無かったからである。

土地は相国寺の荘園《しょうえん》であった。彼が幼い身体《からだ》を運んで京に上り、相国寺に入ったのはその理由からだった。禅僧として智識《ちしき》の名が高かった春林周藤は、この小さい弟子に己の諱《いみな》に因《ちな》んで等楊《とうよう》という名を与えた。藤は楊に通じるのである。

等楊は喝食《かつしき》として春林に仕えた。春林は気難しい男であった。滅多に笑った顔を見たことがない。夜は深更まで塔頭《たっちゅう》の奥にひそんで、「文殊師利問経《もんじゅしりもんぎょう》」や大部の「禅林宝訓」や「天童山景徳寺如浄《にょじょう》禅師語録」などの難解な典籍を読むことに没頭していたし、昼間、食事の間でも眼を閉じて睡《ねむ》ったように瞑想《めいそう》していた。少し曲った太い鼻と、いつも真一文字に結んでいる唇とは、いかにも意地の強そうな人のようであり、他人を気安く近づけなかった。その貫禄《かんろく》は五山の随一である相国寺の住持にふさわしかった。

等楊がこの怕《こわ》い師の身辺の世話に仕えて三年目に、ようやく一人前の雑僧の端に上った。彼がかねてから好きな絵を本気にやってみたいと考えたのはこの頃からだった。その決心をつけさせたのは、一つは同僚の良心《りょうしん》の誘いであった。等楊が、作務《さむ》の間にも、行斎の僅《わず》かな隙《ひま》にも、土や板の上に指で落書するのを見て、絵を学ぶことをしきりとすすめた。人のいい良心は、そういう特技のある友だちを何となく尊敬していた。自分が平凡な人間であると覚《さと》り切っている彼は、この多少取りつきにくいところのある無口な隣席の友人に全く譲っていた。

相国寺には絵を描く僧が少くはなかった。なかでも都寺《つうす》の天章周文《てんしょうしゅうぶん》という役僧は、殊《こと》に名手として洛中《らくちゅう》に知られていた。彼は本務の傍ら、己の塔頭に籠《こも》って絹や紙を展《の》べて背を丸めていた。その傍には絵の弟子たちが必ず二、三人は屈《かが》んで、周文の筆捌《さば》きを見詰めたり、庫から粉本の船載絵を出し入れしたりしていた。等楊は通りがかりにそれをのぞき見る毎《ごと》に羨《うらやま》しいとも、自分もあの仲間に入れて貰えたら、とも思うようになった。

等楊が、良心にも焚《た》きつけられ、自分も決心して周藤にそのことを申し出たとき、

「絵か」

と周藤は一言吐き出すように云《い》っただけで暫《しばら》く黙っていた。気むずかしい顔なので、容易に表情を弁じ難い人であったが、この時は、はっきり冷たい光が眼に出ていた。それから、好きならやってみるがよい、と無関心な調子で云ったのは、やや間を置いてからの答えであった。

何故《なぜ》、周藤が瞬間でも軽蔑《けいべつ》の色を顔に露骨に見せたか等楊に分らなかった。周藤は後年、将軍足利義政《あしかがよしまさ》第邸の「八景障子」「御泉殿障子」の作詩をしたほどの詩文家であり、当代の教養人であった。画僧といえば世間では珍重されているのに、周藤ほどの者が等楊の希望に冷淡だったのは、どのような理由か彼には解《げ》せないのであった。

が、それは等楊にとって大した懸念《けねん》ではない。周藤の不機嫌な顔は常のことであるから、さして深くも考えなかった。冷淡であったにせよ、師の紹介を得て、欣《よろこ》んで憧《しょう》

憬《けい》していた周文の絵の弟子入りをした。

周文はくだけた男であった。性格は周藤とまるで反対である。多弁で、云うことに機知があった。何か云っては弟子たちをよく笑わせた。人と会っても如才がなく、ことに上位の役僧には慇懃《いんぎん》であった。はたから見ても、いかにも世故長《た》けた感じであった。もともと都寺という役が一山の会計を掌《つかさど》る務めであるから、そのように人間が仕立てられたのかもしれない。無論、計数には明るかった。よく他人の噂《うわさ》をしたが、彼なりの算勘で評していた。要するに能吏であった。が、周藤に較《くら》べて、周文は格段に俗人であった。

然《しか》し、絵は当代の神手といわれるだけあって、愕《おどろ》くほど巧《うま》かった。牧谿《もっけい》や夏珪《かけい》、さらに馬遠《ばえん》や孫君沢《そんくんたく》、玉澗《ぎょくかん》などの宋元の名筆を摸《も》して、描き上げたものは殆《ほとん》ど真蹟《しんせき》に異なるところがなかった。等楊は、どうして周文のような俗人にこのような画が描けるかと不思議でならなかった。

等楊は周文について、絵筆の運びの手ほどきを受けた。勿論《もちろん》、弟子は彼一人ではなく、沢山居た。その中でも、画技がよほど進んでいる先輩が四、五人居て、師の周文の側近を形成していた。彼らは後輩に対して優越感をもち、師の周文とは殊更親しそうな口吻《こうふん》を用いていた。だんだん見ていると、その著しいのが、宗湛《そうたん》という男であった。

宗湛は等楊より五つか六つ年上に見えた。背の小さい男だが、はしっこい眼もとをしていて、門下生の代表のような顔つきをしていた。あとから入ってきた等楊のような後輩とはあまり口をきかず、自分が皆から逸材として視《み》られていることを意識したような様子で、同輩の二、三人とだけしか話を交さなかった。

なるほど、彼が態度で自負を見せるだけあって、絵はうまかった。描き上げた絵を見ると殆ど周文に逼《せま》っていた。それほど師匠の筆様にそっくりであった。

「どうだね、先生の絵とわしの絵とでは、もう何の逕庭《けいてい》はあるまい」

と周文の前で皆に冗談めかして云うこともあった。が、満更、底には冗談でもない本心がのぞいて厭味《いやみ》だった。が、肝心の周文は笑ってきいていた。この高足の弟子が可愛《かわい》くて堪《たま》らぬ風に見えた。

二

等楊は絵を習いながらも、無論、禅僧としての修行は積んで行った。ある日、大衆《だいしゅう》と「普勧坐禅儀《ふかんざぜんぎ》」を誦《ず》したあと、隣で結跏《けっか》を崩した良心がそっと等楊に低い声で訊《き》いた。

「どうだ、絵の稽古《けいこ》は上達しているか?」

「いや、思うようにゆかぬ」

と等楊も細い声で返した。どうしてだね、と良心はまた訊いた。

「いやな奴《やつ》が一人居る。それが目障《めざわ》りで本気になれない」

と等楊は答えた。良心は彼の顔を凝視して、

「お前は偏屈だからな。それを捨てなければ絵の修業も出来ないよ」

と云った。それが仔細《しさい》らしく聞えたので、二人とも眼を見合せて声を出さずに笑った。

いやな奴、と等楊が云ったのは、もちろん宗湛であった。彼はこの男が同座しているだけで気をとられて、周文から与えられた絵手本の奇巌《きがん》も、点在する村落も、靉靆《あいたい》たる雲霞《うんか》も、渓谷の水も、杖《つえ》を曳《ひ》く人物も、眼の前から遠のくほど心が散った。

等楊からみると、宗湛の態度は傍若無人であった。小さな顔に慢心が溢《あふ》れていた。彼は梁楷《りょうかい》の道釈人物や、高彦敬《こうげんけい》の山水、銭舜挙《せんしゅんきょ》の花鳥などの筆様を比較して、したり気に論じたりした。宋元《そうげん》の真蹟は、遣明船《けんみんせん》によって年々船載されて日本に渡り、この相国寺の庫にも夥《おびただ》しく蔵してある。尤《もっと》もそれが悉《ことごと》く真蹟であったのではなく、八割く

らいは日本輸出用の摸本であった。記録（撮壌集）によると当時、日本に渡った宋元の筆者は百八十二家を数えているくらいであった。しかし、これは落款《らっかん》の読み違いや、同一画家を別人と誤ったりして実数はそれほどでもなかった。が、ともかく宗湛が物知り顔に舶載画の知識を披露する材料にはこと欠かなかった。

のみならず、彼は師の絵を批評することすらあった。先生、この出来は劣っているとか、これはよく出来ているが粉本に比して筆勢にやや弱点があるように見受けられるが如何《いかが》ですか、といった具合である。故意にそれを皆に、ことに初級の後輩に聞えよがしに誇らしそうに云うのであった。等楊はそれをきくとへどを嘔《は》きそうに胸が悪くなった。小才の利《き》いた宗湛という人物がいよいよ嫌いになった。等楊から見ると、宗湛の絵は周文の上面《うわつら》を小器用に摸してきれいに仕上げているだけで、実技は周文に及びもつかなかった。が、周文は宗湛から何を云われても、笑っていた。相変らずこの弟子が気に入っていた。

尤も、宗湛は時には周文に及ばないことに気がつくとみえて、

「先生。これは神品ですな。とても我々には描けない。もし明に渡られたら、先生は必ず大家に賞讃《しょうさん》されるに間違いありません」

とほめ上げるのであった。周文は、やはり破顔していたが、この愛弟子《まなでし》の毒舌をき

くよりも、さすがにうれしそうであった。

　ある日のことであった。周文が馬遠の山水を臨画して描き上げると、宗湛が覗《のぞ》き込んで、先生、これは傑作ですな、と感嘆した。それは周文にとっても満足な出来であったのであろう、何度もうなずき、自作に惚《ほ》れ込むような眼つきをしていたが、やがて顔色が改まると、

「宗湛よ。わしはこれほどの絵を描くが、役としてはただの一山の都寺だからな」

　と不平げに呟《つぶや》いた。

　ふと洩《も》らしたこの言葉を等楊は耳に聞いた。それは、「絵か」と冷淡な一語を吐いた周藤の表情に通うのである。が、幸いにも等楊はまだその実際の意味を解しなかった。

　等楊の絵の上達は決して著しいものではなかった。のみならず、彼の無器用さは、小綺麗《こぎれい》な仕上げがどうしても出来なかった。一例が紙の上に水墨を落して捌《は》く烟霞《えんか》のような暈《ぼか》しがどうしてもうまくいかない。模糊《もこ》たる雲烟は、墨が溜《たま》り、見苦しい斑点《しみ》を残すのである。

「駄目だなあ、もっと手ぎわよく描かなければ絵にならないよ」

　宗湛が何かの拍子にのぞいて、先輩ぶった苦情を云うことがあった。彼の眼には

歴々とあざ笑いが出ていた。

周文は、従って宗湛も、牧谿を絵手本として頻《しき》りと摸していた。牧谿の柔らかい気分描写はこの時代の人に好かれたし、舶載の絵の中でも最も多かった。それで彼ら二人は牧谿様の柔らかい美しい仕上げに得意であった。同様に馬遠や夏珪の緻《ち》密《みつ》で繊細な筆様も摸していた。要するに彼らは、明の文人画に未《いま》だなずまず、専《もっぱ》ら宋元の端正な院画風な絵を手本としていた。

等楊はどのように努力しても、絵がきれいにかけなかった。それは生来の彼の無器用さによるのだ。この頃は、刷毛《はけ》筆も無ければ、連筆も無く、面相のような細筆も無かった。せいぜい二、三種の大小の筆があるだけである。それによって肥《ひ》瘦《そう》の使い分けをし、地の暈しをする。その技巧が等楊にはどうしても練達出来なかった。

等楊は己の才能を疑って、何度か絶望した。宗湛に何かと云われるのが癪《しゃく》である。あの意地悪な眼つきで、描いた絵を凝《じ》っと視られると苛々《いらいら》して、作品を目の前で破り棄《す》てたいくらいである。未熟の羞恥《しゅうち》からではなく、生理的な焦躁《しょうそう》が抑え切れないのだ。この男に敗北したくない敵愾心《てきがいしん》のみで、絶望から匍《は》い上ったことも一再ではなかった。

ところで周文は——周文も等楊の無器用さに顔を顰《しか》めていたが、二年もした或《あ》る時、等楊の描いた絵を見て、暫く瞳《ひとみ》を凝らした末、こう云った。

「相変らず仕上げは劣っているが、どこか原図を摑《つか》んでいるところがあるね」

画稿は孫君沢の烟雨山水図である。それから彼は傍に居合せた宗湛に見せて賛成を求めた。

「ね、君。そう思わないか?」

宗湛は、はしこい眼をそれに投げて、

「そうですね」

といったきり、そうだとも否《いな》とも云わなかった。甚だ無愛想な顔で自分が臨摸しようとする銭舜挙の群鶏図に瞳を落したままだった。

三

十年の後、等楊はその画技において、宗湛と争うまでになっていた。絵の仕上げは相変らず器用でない。しかし等楊は、その欠点を補う途《みち》を見つけていた。それは構図の妙であった。一体、船載されてきた宋元の画には大幅《たいふく》が無く、殆どが小品であった。それで日本の画家は布置の変改を試みようにも、狭小《きようしよう》な絵手本の内容に縛られて工夫の見当がつかなかった。ここを彼処《あそこ》に、彼処を此処《ここ》に置き変えるという創意の余地がなかったのである。殆ど真蹟通りの模倣であった。なるほど周文は大幅を描いた。彼の偉さはそこで讃《ほ》められていいが、それも小品の原図の引き伸しであった。それで、その欠点は、茫乎《ぼうこ》として纏《まとま》りのない、ふやけた結果となって顕《あら》われている。周文ほどの者すら、画面に改変の創意を加えることまで及ばなかった。

等楊は、舶載宋元画の中でも、夏珪、李唐《りとう》、馬遠を好んで学んだが、最も心を惹《ひ》かれたのは、銭塘《せんとう》の人、孫君沢の作品であった。君沢のかいた山水画は構図に整正の美があった。整っていることは、形式的になることから免れない。実際、孫君沢の構図の様式は通俗的でさえあった。

日本の風土とは全く異質の、シナの風物を画題とする限り、一度も実地を見たこともない画家たちは、専ら「画本」による概念しか得ていなかった。その、あやふやな観念に固定されているから、原図の呪縛《じゅばく》から一寸も離れることが出来ない。だから部分的な作意の挿入も大そうな冒険で、怕《こわ》くてやれなかった。その限りでは、悉く模倣から出ることはなかった。

等楊は孫君沢の形式的な構図を学んでいるうちに、敢《あ》えてその冒険を試みた。この場合、原図の通俗性がその関門をくぐらせたと云えそうである。呉道玄《ごどうげん》や易元吉《えきげんきつ》の峻《しゅん》厳《げん》難解では、それは出来なかったに違いない。

小さい部分を置きかえることでも、等楊は、構図の理解に一歩ずつ踏み入ることが出来た。無論、画本としている宋元画の構成には一分の隙《すき》も無かった。右の物を左に移すということは容易ではない。それをやってみると、構図は土台の桁《けた》が外れたように崩れた。が、その経験を何度も繰り返しているうちに、等楊は、画面における力点の設定や、空間の効果や、曲線の交差における安定感など一切の構図の上の理念がぼんやりと分りかけてきた。

天章周文や天翁《てんのう》宗湛は異《ちが》う。彼らは如何《いか》にして図面の上で宋元画を追及するかということに懸命になっていた。が、それは表われた技巧の上だけだった。いかに上手に消《に》るかということであった。

等楊の手さきの無器用さが、かえって近視的な画面の表から離れて、原図の内容に眼を開いたのは仕合せだった。彼はあらゆる舶載画の図柄を頭の皺《しわ》の中にたたき込んだ。彼にとって多く観《み》ることは、多く憶《おぼ》えて仏典のように暗誦《そらん》じることであった。彼は少しずつそれをとり出して布置した。夏珪の風景に、李唐の村落を点じて配するというが如《ごと》きである。

周文の眼が等楊を羨《うらやま》しげに見たのは当然だった。彼は、この弟子が自分とは異質なものを次第に成長させていることに気づいていた。相変らず、絵はきれいでないが、力強い何かが逼《せま》っていた。美しいが、弱い絵を描く自分や宗湛に無いものだった。どこか原図を摑んでいるね、と十年前に評した周文は、もう一度それを云《い》うなら、もっと別な言葉で強調せねばならなかった。

宗湛は、――これはただ嫉《ねた》ましげに等楊を敵視しているだけであった。いまや自分の地位に逼ろうとしている彼に全身で抵抗していた。宗湛の安心といえば、等楊がやはり無器用な絵しか描けない一点だけであった。

宗湛は、人から等楊の絵の批評を求められると、必ずこう云った。

「拙《まず》い絵だね。もう十年も上になるのに、線が少しも整わない。どういうのだろうね」

首を傾《かし》げて、蔑《さげす》むような口吻であった。

――爾来《じらい》、宗湛と等楊とは、周文の下について長い間、互いに意識し合いながら絵を描きつづけて行った。禅僧としての修行も無論怠りなかった。それどころか、春林周藤のような厳しい師僧のもとでは、たとえ画僧を志しているといっても、修行では一歩の仮借も無かった。周藤が相国寺鹿苑院《ろくおんいん》の僧録司《そうろくし》になると、等楊もその下について随《したが》った。彼がようやく知客《しか》の役についたのは、三十七歳の時であった。

その間の変化といえば、周文が幕府絵所の御用絵師となって相国寺を去ったことである。彼のような如才ない男はいつの間にか幕府に取り入ったに違いなかった。その露骨な運動の噂《うわさ》が耳に入ると、等楊は、いつぞや周文が寂しげに洩らした「わしはこれほどの画を描くが、まだ都寺《つうす》の役だからな」といった一語を想《おも》い出した。するると、等楊は忽《たちま》ち、近ごろ周藤が、惟肖得巌《いしようとくがん》の文章家としての名声を評して、彼は禅僧でなく、儒者の業だと罵《ののし》っていたことを思い出した。詩文家として聞えている周藤がそう云うのである。

等楊が、絵を志したい、と申し出たときに、絵か、と軽蔑《けいべつ》したように吐いた周藤の意《こころ》が、今にして等楊に理解出来た。周藤は禅林に入った僧が、詩や絵に凝るのを邪道と考えていたのだ。住持としての周藤が、天章周文に与えた役は「都寺」以上のものではなかった。俗人の周文が、老齢近く寺を出て、幕府に出世の道を働きかけた気持は分るのである。幕府絵所といえば中央の官府である。周文は絵師としての権威を得て満足そうに笑って相国寺を去った。

それから更に数年が経《た》った。等楊は――いや、この時は、もう雪舟の号があった。元の禅僧楚石《そせき》の名筆からとってこの二字を附けたのだった。雪舟は、天翁宗湛が周文の跡目をついで幕府絵所の御用絵師になったと聞くと、数十年住みなれた相国寺を辞した。

「宗湛づれが！」

雪舟の眦《まなじり》は瞋恚《しんい》に燃えていた。宗湛が得意顔に、天下の絵師として幕府絵所に納っているのを、同じ京に居て見たり聞いたりしたくなかったのである。宗湛への嫌悪《けんお》は、そのことで憎しみを交えて募っていた。彼もまた、宗湛の嵌《はま》り込んだ位置に己を据える空想をしないこともなかったのである。

四

雪舟が周防《すおう》の大内教弘《のりひろ》に寄ったのは、京を去れば次に繁昌《はんじょう》の地は西方の山口しかなかった理由による。幸い此処は生れ在所の備中の近くでもある。大内氏は勘合の印を得て対明貿易を壟断《ろうだん》していた。山口の殷賑《いんしん》は京に勝るものがある。京都は折から応仁の乱が起り、物情騒然たるものがあった。

大内教弘は雪舟を認めて、近郊に居住させた。もとから禅宗の好きな男で、学僧をあつめることが道楽だった。

ところが、その年の暮、雪舟にとって耳よりな話が持ち込まれた。大内の臣に桂庵《けいあん》玄樹《げんじゅ》という者がある。かねて雪舟と心やすかったが、或る日、来てこんなことを云った。近いうちに幕府の遣明船が出る。これは以前から計画されて延び延びとなったものだが、この船団に大内家からも参加し、自分が副使として行くことになっている。ついては雪舟も一個の商人の資格で同行してはどうか、というのであった。

雪舟は願ってもないことだと感謝した。四十九歳の今日まで描きつづけて来た山水図は悉《ことごと》く舶載絵の臨摸である。千本の画幅を学び得たといっても、要するに図上の概念に過ぎない。それが、実際にこの眼で実地を確かめられるとはまるで夢のようだと礼を何度も云った。

桂庵玄樹には話さないが、雪舟は初めて運が向いたと思った。明の地を踏んで師を求め画技を伸ばそうという功名心は無論あった。が、それ以上に唐土に渡ったという履歴がどのように身体《からだ》に箔《はく》をつけて名声を上げるか、それを考えると動悸《どうき》が昂《たかぶ》るくらいであった。

彼の光っている眼には、ありありと、仔細《しさい》げな顔をして幕府絵所に坐《すわ》っている天翁宗湛が泛《うか》んでいた。

将軍家、大内家、細川家と三艘《そう》の船からなる遣明船が博多に集結したのは応仁二年の早春二月であった。雪舟が来てみると、思いがけなく相国寺の僧たちが、正使天与《てんよ》清啓《せいけい》の乗る一号船和泉丸に乗り合せていた。その中から、

「等楊ではないか」

と声をかける者がいる。喝食として相国寺で雪舟と同期だった良心だった。相変らず人のいい笑いを五十の皺の波の中で泳がせていた。雪舟は彼と同船した。

遣明船は、蘇木《そぼく》、硫黄、紅銅、扇、漆器、絹などの雑貨を船底に積んで博多を出発した。寒風が吹きすさび、海は荒れていた。浪《なみ》の高い日は、僧たちは死んだように蒼《あお》い顔をして横たわるか、一心に経を誦《ず》すかしていた。ただ、雪舟だけは、どんなに荒れた日でも、船の進む方にある真暗い雲を睨《にら》んでいた。彼は一刻ずつに近づいて来る見えぬ唐土の方を喰い入るように眺めていた。

しかし、多少の荒天には遇《あ》ったが、とも角もこの遣明船は、三月の初めに寧波《ニンポー》に無事に届いた。雪舟は、ここに上陸して初めて画中の人物や動物や民家を眼に実体として見ることが出来た。彼は地に坐って拝みたくなった。泪《なみだ》が出た。

寧波には上陸したが、北京《ペキン》からの公凖《こうじゅん》がまだ到着していなかった。聞けば、二、三カ月はかかるということである。

「ここから天童山は近い。滞在している間に上ってみてはどうか」

とすすめたのは、桂庵玄樹であった。彼は前にもここに来ている。親切な男で、雪舟を贔屓《ひいき》にしているのであった。雪舟は心から喜んで、良心も連れて行って欲しいと頼んだ。栄西、道元が学んだというこの五山の一である名刹《めいさつ》に行く機会があろうとは、出発の日も夢にも思わなかったのである。

天童山に入ると、雪舟は数カ月を学んだ。言葉はよく通じないから、主に筆談であった。僧が入れ代り立ち代りして雪舟に問答を試みた。問答がすむと、一様に、珍しそうに笑っていた。彼らが本気でないことは、雪舟にも読み取れた。異国の珍奇な客として扱っているのである。

しばらくして、寺は雪舟を禅班の第一座に上してくれた。これも実力でなく、客としての礼遇であることは、雪舟にもよく分った。が、ともすると砂をかむような味気ない気持は、帰朝したのち「天童山第一座」の肩書を署名する満足で充分に埋められた。

この寺での彼の修禅のための滞在期間は僅《わず》かであった。公憑が北京から来るまで彼は炎暑の中を西湖附近に遊ぶのに忙しかった。

正使清啓の一行について雪舟が寧波を出発したのは、秋風が渡り初めた八月の末であった。杭州《こうしゅう》から舟便で、蘇州《そしゅう》をすぎ鎮江に出て、北大江を渉《わた》り、揚州から運河を北上するときは秋は闌《た》けるばかりである。昼は川を上り、夜はいわゆる斉魯《せいろ》の郊である淋《さび》しい宿駅に泊りを重ねた。江南と違い風景は蕭殺《しょうさつ》の気を加え、舟を泊する数が多くなるに従って霜が重なった。七十余日の旅を了《お》えて北京に入ったときは十一月の半ばで、すでに雪が降っていた。

雪舟が北京に滞在したのは翌年の正月の末までの二カ月余りにすぎなかった。正使清啓の用事が済めば、一緒に帰らざるを得ない。

清啓が告げたか、玄樹が云ったか、その辺の消息は分らないが、一行の中に日本の画僧が居ることが宋廷に聞えたらしい。雪舟は迎えられて朝廷に上った。面会をしたのは、兆尚書という風采《ふうさい》の上らぬ男である。

彼は雪舟の顔を見ると、画を所望した。緊張した雪舟がその場で描いて見せたのは小幅の山水図である。彼の脳裏にたたみ込んだ宋元画の暗記と、瀟湘《しょうしょう》洞庭に遊んだ実感とは密着して、容易に構図を成立させた。が、ここで彼が困ったのは、己の無用さだった。宗湛から嘲《あざけ》られるまでもなく、そのことは何十年となく彼を苦しめた自覚だった。彼は思い余った揚句、筆の穂先の尖《とが》りを切り、枯枝のような、ぽきぽきした太い線を描いた。これは意外に新しい効果をあげ、画面に一種の躍動を生じたと思い、自分でも眺めて満足であった。

兆尚書は眼を剝《む》いた。異国人がこのような宋元画まがいの画を描くことは思いがけなかったのであろう。彼は不思議な顔をして雪舟を眺めた。

が、ただ、それだけだった。兆尚書の疎《まば》らな髯《ひげ》の生えた顔に、それ以上に感動した表情は動かなかった。雪舟がひそかに期待したように、もっと大幅を描いてくれとは、註文しなかった。兆尚書にとっては、一種の座興に過ぎなかったようである。

勿論《もちろん》、彼は雪舟に向ってその画技を讃《ほ》めた。が、それは単なる儀礼であることは、天童山僧のと同じように空疎《くうそ》が見え透いていた。雪舟は、とぼとぼと宿舎に還《かえ》った。帰ってくると、良心が待ちうけていた。彼は雪舟の失望を知ると、慰めるように云った。

「なあに、日本に帰ったら、礼部院中堂の壁画を頼まれて描いたぐらいは云うさ。分りはしないよ」

五

雪舟は、北京に滞在中、大家に近づこうと思ったが、いかなる画家が居るのかさっぱり分らなかった。彼が日本で師としたのは、牧谿、夏珪、高彦敬を始めとして宋元の故人ばかりである。現在の明の画壇には皆目通じていなかった。

彼が人から聞いて訪ねて会ったのは、張有声《ちょうゆうせい》と李在《りざい》の二人だけだった。この二人は李は流暢《りゅうちょう》、張は勿体《もったい》ぶって聞かせた。画論を引見し、尤《もっと》もらしい顔をして日本の画家を引見し、彼は朴訥《ぼくとつ》であった。雪舟は感激したが、あとで考えてみるほどの内容はなかった。死ぬまでこの二人を当代二流の人とは気がつかなかった。

雪舟が、魯庵《ろあん》と鳥鼠道人《ちょうそ》の二人の文人を知ったのは、北京を離れ、帰路について再び江南に戻った時であった。雪舟はこの二人に、宋元の名家について学ぶべき者は誰か、ときいた。

「それは玉澗《ぎょくかん》先生である」

と二人とも口を合せたように応《こた》えた。

若芬《じゃくふん》玉澗は、字《あざな》は仲石《ちゅうせき》、上天竺寺《かみてんじくじ》の僧で、その絵は早くから日本に舶載され、雪舟も度々見ていた。線をもって輪郭を説明する端正な院画風の画ではなく、ひどく省略された、草体に崩れた水墨画であった。ちょっと見ると、何を書いたか判じ難いものさえある。今まで難解の故《ゆえ》に、日本であまり好まれずに、誰もその画風に従うものが無かった。

雪舟は、二人の文人が声を揃《そろ》えて讃めたので、なるほど玉澗の画はいい、と認識した。この技法は何だと訊《き》くと、

「破墨の法だ」

と明人は字を書いて教えた。

破墨、破墨、雪舟は口の中で呟《つぶや》いた。難解で何か在るらしいところがいいのだ。きれいごとに絵を仕上げることの出来ない手先の無器用な彼には、この直感的な抽象画が大そう気に入った。日本では誰も手をつけていないのが魅力だった。

雪舟が寧波を発《た》って航海に就いたのは、その年の五月であった。魯庵と鳥鼠道人とは訣別《けつべつ》の詩を雪舟に贈った。故国では文明元年と改まったのを知らない。往路と異い、夏の季節で海は凪《な》ぎ、平安な船旅であった。

罘夫《ぼうふ》良心が隣に坐っている雪舟に気の好《よ》さそうな笑いを投げかけて云《い》った。

「長い旅で、わしらはくたびれたが、貴公には、いい収穫だったたな。これで日本に帰ってみろ、等楊雪舟の名は金銀の箔がついて日本中に喧伝《けんでん》されるよ」

雪舟は答えを与えずに、雲と融《と》け合っている海の水平線を茫乎《ぼうこ》として眺めていた。

――良心の云うような収穫があったろうか。人に会って愛想よく迎えられはしたが、内容は空疎だった。往路に抱いていた功名心も、多少のうぬ惚《ぼ》れも、今は微塵《みじん》に崩れていた。巨《おお》きな壁に刎《は》ねとばされてわが身を知らされたといってもいい。

「別に収穫も無かったようだね」

雪舟は、しばらくして気の浮かない顔で返事した。すると良心は、元気づけるように云った。

「いや、天童山第一座の肩書だけでも大したものだ。落款《らっかん》には、ちゃんとこれを誌《しる》すがいいね。それから北京では礼部院中堂の画をかいて大いにほめられたと云うさ。方々から画を求められて困った位は構わないよ。貴公の腕なら、それくらいはあったろうと聴いた者は疑わないからね」

のちの「天開図画楼記」の筆者は、熱心に説いた。

「それから、誰か画家に遇ったかときかれたら、張有声と李在の二人だけを挙げれば充分だろう。それも、この二氏の跡を見るに学ぶに足らず、明国に師とすべき人無し、と答えてやるさ」

雪舟に肩を入れている良心なら、それ位のことは飾って吹聴《ふいちょう》して廻るだろう、と雪舟は相変らず眼を海の上に向けたまま思った。

海は蒼茫《そうぼう》として一物も見えない。天空に夏の雲が湧《わ》いているだけだった。雪舟の眼にはその容《かたち》から十五カ月の旅行で実見した唐土の山容が泛んできた。

「いや、師はあったよ」

と雪舟は突然、眼を開いて云った。

「何だね?」

「画本でなく、実際の風景に接したということさ」

これだった。今までの概念的な知識でしかなかった宋元画の山水が、この眼で実地に見て具象的に実体を把握したことである。内面の充実がそこにある。何千何百と船載画を見ても、頼りなげな観念は手本の画に縛りつけられたままである。実地に踏み入って確実に視覚で捉《とら》えた自信だけが、抜きさしならない手本の桎梏《しっこく》から解放されたのである。

「なるほどね」

罜夫良心は、一人で合点したように、うなずいた。

「すると、唐土の地、山川草木のみがわが師にして人に在らず、というところかね」

「まあ、そういうところだな」

雪舟は、初めて晴々とした笑いを見せた。

日本に還ったら、大いに画こうと勇気がでた。幸い瀟湘地方をはじめ江南や北方の写生図も嚢《のう》を満たしている。小幅だけでなく、大作や長巻を手がけたい。構図はいくらでも出来そうだった。それにふと得た創造として、筆の穂先を細書きにせず、禿筆《とくひつ》の効果を出してみたい。それから、唐土の山水ばかりでなく、日本の風土だって描けそうである。まだ誰も試みたことのないという野心らしい意欲が若々しく湧いてきた。

これは、周文、宗湛に対する新しい反逆であった。いや、無器用と自覚した己への挑みでもあった。宗湛といえば――

「宗湛はわしが、唐土に渡って帰朝したことをどう思うだろうな」

雪舟は、ふと、悪戯《いたずら》そうな眼元を見せて良心に問うた。

「なに、宗湛なんぞは今に貴公の盛名に、蔽《おお》われて消えて了《しま》うよ」

すでに、老境に入った二人は、頰に皺《しわ》を動かして笑い合った。

古田織部

一

古田《ふるた》織部《おりべ》が、千利休《せんのりきゅう》の追放の報《し》らせをきいたのは、その当夜の天正十九年二月十三日の晩である。愕《おどろ》きはあったが、不意のものではない、とうとう来たか、という感じであった。

秀吉と利休との間は、それ以前から険悪を伝えられていた。それについて、さまざまな雑音が織部の耳に入ってきていた。利休が雪踏《せった》ばきの己の像を刻ませ、大徳寺山門の上にあげたのが不遜《ふそん》だと秀吉が恚《おこ》っていることも一つである。彼の茶道具の周旋や目利《めき》きに私曲があるとの蔭口《かげぐち》が秀吉の耳に入って腹を立てさせている話も一つである。彼の女《むすめ》を秀吉が所望したのに、拒絶したため憎まれているという噂《うわさ》も同じであった。それらのことは、織部のみでなく、同じように利休について茶を習っている諸大名たちに逸早《いちはや》く知れ渡った。目先のきく大名は、もう利休から遠ざかりはじめていた。細川忠興《ただおき》が大そう心配をして、師匠の利休と秀吉の間を、何とか円満に取り成そうと努めていることも織部は知っていた。相弟子としてその相談をうけたのも先日のことだ。が、彼はそのことが多分は無駄であろうと直感していた。一旦《いったん》、怒り出したら狂的なくらい感情に駆られる秀吉の性質が分っているからばかりではない。偏屈で自負の強い利休の性分を承知している故《ゆえ》でもなかった。それはもっと二人の本質につながるものの背中合せを感じ取っていたからであった。

最近までの利休の名望は一種の権勢にまで上昇していた。そのことが気がかりであった。茶道に於《お》ては「天下一の茶湯者《ちゃのゆしゃ》」の称号を宥《ゆる》され、紹鷗《じょうおう》逝きあと宗易《そうえき》先達なり、と称されている茶頭《さどう》の名声をいっているのではない。秀吉の度の過ぎた鍾愛《しょうあい》に、何か利休に危なかしいものが感じられていた。その寵用《ちょうよう》によって周囲が彼を押し上げた隠然たる政治的な勢力の座とは別な不安であった。

富田知信、柘植《つげ》左京亮《さきょうのすけ》の両使を迎えて秀吉の沙汰《さた》をうけた利休が、聚楽第《じゅらくだい》の不審庵《あん》を出て、たった今、堺《さかい》に向った報らせをきいたとき、織部にはかねての予感が当ったという満足と、利休の身に起った重大さの意識とがばらばらに来た。

「いま何刻《どき》か？」

ときくと、戌《いぬ》の刻という返事があった。織部は馬を出すことを命じた。これから淀《よど》川まで舟で下ってゆく師を見送りに行こうというのであった。

数人の供だけで夜道を駆けながら、織部は、こうして自分のように淀に走っている者は誰々であろうかと考えた。細川忠興は先《ま》ず来るであろう。高山右近《うこん》、瀬田掃部《かもん》、芝山監物《けんもつ》、牧村兵部《ひょうぶ》、その他、日ごろから利休について茶の教えをうけている沢山な大名の名を次々に思い出した。しかし秀吉の勘気をうけた今の利休に親切にする不為《ふため》を彼らは知っている筈《はず》である。これまで利休に茶道を習っていたのは、実はその光背を慕って寄っていたのだ。宗易ならでは関白様へ一言も申上ぐる人なし、といわれたその権勢に追従してきたとは云《い》えなかったか。その台座が俄《にわ》かに崩壊して当人が転落してしまっては、彼はただの堺の素町人に過ぎない。いや、危険な罪人でさえあった。彼を見送ることは、いつ己の陥没とならぬとも限らぬ。そう思うと織部の胸に泛《うか》んだ大名たちの名は、指の間から水が洩《も》るように次々と抜けていった。

雲が無く、十三夜の月が明るかった。あたりは濡《ぬ》れた蒼《あお》い色の中に沈んでいた。淀川が燻銀《いぶしぎん》に流れている。遠くには靄《もや》がたっていた。冷たい風があって、川面《かわも》に蘆《あし》の揺らぐのまで見えた。

川の中に赤い火が動いていた。松明《たいまつ》を舷《ふなばた》に焚《た》いている黒い舟の影があった。風がそこから微《かす》かな人声を運んできた。

立っていると、いつのまにか後に人が近づいて来た。

「参られたか」

嗄《しゃが》れた声が呼びかけた。霜の降りそうな冷たい枯草を履《ふ》んで横にならんだのは、瘠《や》せて長身の細川忠興の身体《からだ》だった。織部は会釈《えしゃく》して、その背後を見た。忠興の供人が三、四人立っているだけで、彼の視界の何処《どこ》にもそれ以外の人物の姿は無かった。思った通り、ここまで利休を見送りに来たのは、彼と二人だけだった。

「あの舟じゃ」

忠興は炬《たいまつ》の方に眼を向けたままそれだけを云った。その口吻からすると、彼の方が織部より先に到着したらしかった。そのほかのことは何も云わなかった。月光をうけて氷の面のように光っている川を舟が滑りはじめてからも、忠興は一語も発しなかった。唇からは吐息も洩れなかった。

織部には、利休を神のように畏敬《いけい》し、今度の事件でも師の身の上を胸が潰《つぶ》れるくらいに心配しているこの武人が、どんな思いで言葉を殺しているかがよく分った。

暖い炬の色を水に落しながら、舟は下流にすすんでいた。蒼い光の中で、その光景は妙に現実感が無かった。夢の中の出来事と錯覚すればそうもとれた。ただ、絶えず耳に達してくる水を掻《か》く櫓《ろ》の音だけは別だった。さき程きこえていた舟の人声も今は沈黙していた。

織部は、その舟の中にうずくまっているであろう利休の姿を想像していた。それが茶席に少し前屈《まえかが》みの恰好《かっこう》で坐《すわ》っている七十歳の師匠の姿になっていることに不思議はない。前歯が欠けているので、老人特有の下唇を突き出して口を結び、落ち窪《くぼ》んだ眼《がん》窩《か》の底に、相変らず眼だけを光らせているに違いなかった。織部が想《おも》っているのは、ついこの間までは勢威絶頂であったが、今は失脚して数日後には死さえ待っているかも知れない故郷へ戻ってゆく人への尋常な感慨では無かった。隣に黙って佇《たたず》んでいる忠興のことは知らない。炬と櫓の音とを細らせて遠ざかってゆく黒い舟影を見送りながら、織部の胸に来たものは、一種の解放感に似た安堵《あんど》であった。芸術の世界では誰でも持っている、師のどのような恩義でも裏切るあの残忍な満足感だった。

二

織部が、はじめて利休の茶会に出たのは天正十一年の秋であった。八年前のそのときのことが、彼には昨日のように思える。大坂城内の秀吉の邸《やしき》の茶室で、朝から終日催された。座敷の飾りまで憶《おぼ》えていた。床には玉澗《ぎよくかん》の夜雨の絵が掛っていた。前に捨子の大壺《おおつぼ》を置き、棚に載せた細口の花入には、水仙花が白磁のような花弁《はなびら》を立てていた。囲炉裏には紹鷗の霰釜《あられがま》が五徳に懸っていた。台子《だいす》の上の宮王肩衝《かたつき》、四方盆《よほうぼん》、尼子天目、尼ヶ崎の台、下に引拙《いんせつ》の桶《おけ》、同じく胡桃《くるみ》口の柄杓立《ひしやくたて》、五徳の蓋置《ふたおき》といった細かなものまでいまだに眼底にはっきり遺《のこ》っている。あのときは、細川幽斎や富田知信、宇喜多忠家、佐久間盛春、高山右近、中川忠吉などという武将と、宗薫、紹安《じようあん》、宗二、宗安らの堺の茶人と同席であった。宗匠として利休、今井宗久、津田宗及の三人が来ていたが、やはり利休の態度が一番立派であった。年老いて縮んだ身体も、座敷いっぱいに大きく見えた。秀吉をはじめ、居ならぶ人数を少しも眼中に置かないような挙措が、織部に利休の芸の偉さを感じさせた。この時は多勢の相客の一人にすぎなかったが、織部が利休と個人的な師弟関係に入ったのはそれから間もなくだった。

利休は織部に眼をかけてくれた。利休は彼の上達によほど期待したに違いない。そのことは織部を更に茶湯の道に駆り立てた。利休は茶湯者として道具の目利きを必須《ひつす》条件としたから、この方の習練も彼は積んだ。

あるとき織部は利休に、茶湯の心を問うた。利休は即座に、花をのみ待つらむ人に山里の雪間の草の春を見せばや——古今集の中の一首を吟《くちずさ》んだ。侘《わ》びが茶湯の道理であると云った。茶が侘びである、といったのは何も利休がはじめてではない。利休の師の紹鷗も、その先の珠光も云った。しかしその心を容《かたち》の上で完成したのは利休である。珠光は、藁屋《わらや》に名馬繋《つな》ぎたるがよし、とも云い、麁相《そそう》なる座敷に名物置きたるが、風体尚《なお》面白し、とも云った。茅屋《ぼうおく》と名器と——この照応から生れる雰囲気が侘びだというのである。

利休は、茅屋を尊重して名器の円光を消そうとかかった。茶をする者が唐物《からもの》唐物と珍重するのを、楽焼などの和物に更《か》えた。唐物の天目や青磁は形よりも景色を賞美したが、利休は和物の瀬戸焼や今焼の形の面白さを好んだ。台子、棗《なつめ》、湯次、菓子器、硯箱《すずりばこ》、何によらず利休は黒色を用いた。黒でなければ鼠色《ねずみいろ》であった。この彩度の無い色から受け取る無限の色彩が彼の審美感を満足させた。紹鷗のとき、茶室もせいぜい四畳半だったものが、利休は侘びの本意に叶《かな》わぬといって、三畳、二畳半、二畳、一畳半などという座敷にした。三畳敷をつくったのさえ道の妨げかと悔むのである。数名の客の膝《ひざ》をならべる余地も無さそうなこんな狭い座敷に趣向を工夫して変化をつけた。

茶室の入り口も、これまでの貴人口を廃して、躙《にじ》り口だけとした。どのような身分のある者も、関白さえも、腰を屈めて這入《はい》らねばならぬ。利休が徹底して茶を東山時代の上流の遊びから庶人の寂びにしようとする努力は大そうなものである。茶庭はもと松や竹などを疎《まば》らに植える程度であったのを、利休の工夫で露地《ろじ》として完成した。樹《き》を多くして深山幽谷の趣にした。茶室は山径《やまみち》の奥に行当る藁屋の見立てである。従って簀戸《すど》、石橋、棕櫚箒《しゅろぼうき》、露地笠《かさ》、露地草履、杉柄杓、円座、湯桶、雪踏などの創造となる。こんなことをならべるときりがない。釜、床の掛物、花入、茶杓、炭斗《すみとり》、金火箸《かなひばし》、水指、どれ一つとして利休の工夫の加わらないものはなかった。

或《あ》る時、茶人の津田宗及が織部に感に堪えぬような面持でこんな話をきかせた。

「ある雪の朝、わたくしは思い立って利休どのの所へ参りました。利休どのは灯を幽《かす》かに点じて蘭麝《らんじゃ》をほのかに焚いて居《お》られた。座入りして差向い、何かと挨拶《あいさつ》しているうちに、水屋の潜《くぐ》りがあく音がしました。利休どのが申されるに、醒《さめ》ヶ井《い》に水汲《く》みに遣《や》った者が、遅くなっていま帰ったとみえる。水を改め申そうといって、釜を引きあげて勝手へ持入られたあとを見ると、寅《とら》の火相とて、えもいわれぬ火相です。棚には炭斗に炭が組んで置いてある。わたくしがそれを卸して、炉中に炭を置き添え、羽箒で台目を掃いていると、利休どのが濡釜を持って戻られた。そのすがすがしさ何とも申されぬ。利休どのも感じられてか、かような客に逢《お》うてこそ湯沸し茶を点《たて》る甲斐《かい》が厶《ござ》ると挨拶なされ、まだ暗いうちでしたが懐石を出され、食べている間に夜が明けたことがあります。あの仁こそ古今の名人でございますな」

宗及が感嘆して語るうちにも、織部の眼には、暁の雪、名香、醒ヶ井の水、えもいわれぬ火相、棚に組まれた炭、濡釜、未明に出された懐石などが一分の隙《すき》も無く逼《せま》ってくる。それはたびたび織部自身が、利休と茶席で差向っている時に感じる苦しいくらいの圧迫感と同じであった。

気づかなかったが、それは利休の「完成」の息苦しさであった。

三

利休は、数寄者《すきしゃ》は、胸の覚悟と作分と手柄の三つが入用であるとかねがね云った。作分とは工夫のことである。利休はその宣言通りに存分の工夫をした。茶に対する彼の創意は殆《ほとん》ど天才的だった。在来の貴人好みの華美な茶風を破って、庶民的な、質素な茶道を創《はじ》めた。珠光、紹鷗以来の侘びを彼の次々の工夫が完成させた。

が、その完成の容《すがた》は激しいものだった。他人には踏み込めなかった。そんな隙が無かった。利休が己の城の中に構えている恰好であった。高弟として自他ともに許している織部が踏み込めないのである。利休は、山を谷と云い、東を西と云うくらい強引に在来の茶道の法則を破壊し、そのあとに仕上げた完成であるから、氷のように厳しかった。破壊のあとの完全は一層に凛烈《りんれつ》なのである。いつぞや秀吉が利休の一畳半の茶室に招かれて、床に活《い》けた糸桜の枝の張りに上座に坐りかねたことがある。秀吉はためらったが、坐ってみると張り出した桜の枝の先は、彼が坐るだけの空間をきちんと空けて活けてあった。この一分の無駄もない、空間の引き絞ったような緊密が利休の芸の完成だった。織部は有無を云わさぬ見えぬ力に押えられて、利休の前に慴伏《しょうふく》してきたのであった。

が、去年から少しずつ織部の気持に変化が起ってきた。いや、それとても変化というほど目立ったものではないかも知れない。

天正十八年六月、秀吉は小田原城を囲んだ。織部は命をうけて武蔵《むさし》国に攻め入り、北条氏の属城江戸城を陥れ、次いで岩槻《いわつき》城を攻めていた。暑い日がつづき、名に聞く武蔵野の草の涯《はて》に入る陽は炎《も》えるようだった。

織部は、利休が秀吉に従って下向していることを知り、一書を送り、「むさしあぶみさすがに道の遠ければ問はぬもゆかし問ふもうれし、」という和歌を封じた。その返しとして、「御音信とだえとだえずむさしあぶみさすがに遠き道ぞとおもへば」という自詠と一緒に、利休の手紙が届いた。「貴殿が隅田川、筑波山《つくばさん》、武蔵野、日暮里《ひぐらしのさと》などの音に聞えた関東の景色に堪能《たんのう》して居られるとは、さても羨《うらや》しいことです。われらは富士山一つで我慢するほかは無い。花筒が近日に届くというが本望である。筒は不思議と趣のあるのを此方《こちら》で切り出したから、これではや望みはない――」という書き出しで、織部の転戦を犒《ねぎら》ってあった。それからまた一、二度、消息が届いた。それに竹筒で利休が作らせた花入も実際に送られてきた。

単純に考えて、これは師の愛情であろう。が、織部は素直にそれに溺《おぼ》れることが出来なかった。熱いものの中に、絶えず一条《すじ》の冷たい水が融《と》け合わずに流れていた。利休の人間よりも芸が織部の感情の陶酔を妨げていた。

竹筒の花入は尚《なお》いけなかった。これは彼の完成された実物であった。何でもない竹の一片からこれだけの容《かたち》に仕上げるものは、やはり天下に利休を措《お》いてほかに無かった。ここにも彼の芸術が凝結していた。この竹筒を見ても、囲炉裏の雲龍釜《うんりゅうがま》、松笠の鐶付《かんつき》、新焼の黒茶碗《くろぢゃわん》、土の水指、瀬戸の水下《みずこぼし》、引切《ひききり》の蓋置といった織部が利休の茶会で遇《あ》った記憶につながり、同じ悦《よろこ》びとやり切れなさを感じた。――

岩槻城を降《くだ》すと、織部は北条氏邦の籠《こも》る鉢形城に掛った。荒川を北に控えて険岨《けんそ》な要害である。小田原の本城が粘っているためか、ここも容易に落ちない。炎天の下の攻撃はかなりな苦労だった。

そんな日、浅野長吉が織部の陣にぶらりとやってきた。彼は日焼《や》けして真黒な顔に汗を噴き出させていた。織部と何か打合せをすると、せかせかと立ち上った。その序《つい》でに彼の眼はふと其処《そこ》に飾られてある竹筒の花入に止った。

織部はそれに気づいて、

「利休どのの花筒です」

と説明した。

「利休の？」

と長吉はもう一度改めるような眼つきになって視《み》た。が、それは竹筒を鑑賞する眼では無く、利休という高名な宗匠の名前に牽《ひ》かれて見直したという風だった。だから彼がそれを見ていたのは、ほんの僅《わず》かな間で、忽《たちま》ち興味を失った顔付になって眼を外した。ふん、と鼻を鳴らしそうな表情であった。この合戦の最中に、さも縁の無いものが置いてあると云《い》いたそうな表情だった。

「暑いな」

長吉は、そう云い捨てると出て行った。ぎらぎらした陽射《ひざ》しが彼の鎧《よろい》の背中に白く当った。

長吉のそうした態度は、無論、茶事に関心の薄い武人のもので、気に止めることも無かった。が、織部は妙な心になった。この場合、利休作の竹筒など眼もくれず、暑いな、と云って大股《おおまた》で出て行った長吉に同感した。それは武人として戦闘以外に何ものも考えていない彼に共感したのだった。もっと云えば、多少の羨ましさも混っていた。

その気持で、再び竹筒を見ると、妙にそれが弱々しく見えてきた。炎天の燃ゆるような暑熱の下で、激しい戦闘に投げ込まれている現実からすると、花筒をいかにも無縁のものと眺めた長吉の瞳《ひとみ》に同感したくなった。なるほど花筒は、利休の冷たい眼と秋霜《しゅうそう》を思わせる強さを持っていた。しかしその強さは、――戦闘という環境の条件のなかでは、どこか空々《そらぞら》しさがあった。密着しない空間があった。すると、二畳半の座敷、金《かね》の風炉《ふろ》、五徳にのせた霰釜、金《かね》の水指、金の柄杓立、竹の蓋置、黒茶碗、壁にかかった春甫《しゅんぽ》の墨蹟《ぼくせき》など記憶にある利休の茶席の模様まで、紗《しゃ》を間に一枚置いて隔てたように淡いものになった。遠く関東の涯に戦塵《せんじん》にまみれて働いていることが、そのような錯覚を起させたのであろうか。何か説明は出来ないが、妙に充実感が無く、不満だった。利休に対して今まで持ちつづけた気持のなかに、はじめて気づいた異質なものだった。

四

利休は、天正十九年二月二十八日に、自庵《じあん》の釜の湯のたぎる音を聞きながら自刃《じじん》して果てた。

この報告をきいたとき、織部の胸の中には、師の最期《さいご》を悼《いた》むより先に、またしても一種の安堵感が来た。それは、十三日の夜、淀川に利休の舟を見送ったときにも感じた解放感だった。が、その時よりも、もっと実感があった。解放感は、しかし、利休の芸術の呪縛《じゅばく》から脱《のが》れたというようなものではない。それとは別な何かであった。何か——織部自身には分らなかったものを、やがて秀吉が解いてくれた。

利休が死んで十日ばかり経《た》ってのことだった。織部は聚楽第の秀吉の茶席に呼ばれた。羽柴筑前守利家《はしばちくぜんのかみとしいえ》と小早川侍従隆景とが同席していた。座敷は二畳敷で床が無く、躙り口には志賀の大壺《おおつぼ》が置いてあった。

秀吉は、飯を食おう、とまず料理を出させた。そのあと彼自身のお点前《てまえ》で茶がすすめられた。

「利休めの茶は」

と秀吉は、湯を柄杓《ひしゃく》で汲み出して天目茶碗をすすぎながら云った。

「侘び侘びとうるさく申し居った。侘びは至極と思うが、あいつは陰気臭くていかぬ。所詮《しょせん》は町人の茶道じゃ。われらにはわれらの茶があろう。織部、どうだな？」

織部は低頭した。否《いや》とも応ともその場では答えられなかった。が、眼を上げてみると、萌葱《もえぎ》の小袖《こそで》に肩衣《かたぎぬ》をつけた秀吉の顔は、いかにものびやかに見えた。その瞬間、織部は、秀吉もまた利休の桎梏《しっこく》に似たものから脱れた安心を味わっているのではないか、と思った。

秀吉は、信長の茶頭《さどう》であった利休を、そのまま己の茶頭として用いた。そのことは逆に秀吉が上の場所に成りあがったことになるのだ。利休は内心では秀吉を軽蔑《けいべつ》していなかったか。それは芸という場では可能な仕打ちなのである。秀吉もまた同じ意味で、利休から圧迫を感じていたのではなかろうか。

そう思うと、織部には、利休と秀吉との間は永い闘争だったように感じられた。利休が秀吉の下で権勢を振ったことは、秀吉の寵愛《ちょうあい》があったのでは無く、秀吉のひそかな劣弱感が利休の傍若無人な踏み込みを宥《ゆる》したのである。秀吉はさぞ苛々《いらいら》していたに違いないと思えた。

利休は泰然として秀吉に対《むか》っていた。貧乏揺ぎもしなかった。秀吉の苛立ちは分る。

いろいろなことが思い当った。利休は黒を好んだ。黒も鼠色も、そこから発する無限な色彩を愉《たの》しんだ。秀吉は黒色を嫌った。利休好みの色だから反撥《はんぱつ》したと見ては悪いだろうか。すると利休は、己の茶会では必ずといってよいほど台子《だいす》の上に黒茶碗を置いて茶を点《た》てた。瀬戸茶碗と取りかえるのは、その後である。何も最初に秀吉の嫌う黒茶碗を出すことは無い！

それからこんなこともあった。聚楽第で秀吉の朝会があった。茶入飾りの方式として、床柱の前には鴫肩衝《しぎかたつき》を紹鷗の天目茶碗の中に入れて置いた。それはよい。ところが亭主の秀吉の工夫として、肩衝と天目の間に野菊が一本はさんであって、ひどく客の目をひいた。おそらく秀吉は己の思い付きが内心自慢であったろう。しかるに茶頭の利休が入ってくると、黙ってその野菊の花を抜き取ってしまった。見ていた織部は息を呑《の》んだ。その時の、秀吉と利休との目に見えぬ火花を忘れることが出来ない。利休には秀吉の工夫が児戯にみえて笑止に堪えなかったに違いない。彼の眼には、ありありと冷笑が泛《うか》んでいた。一方、秀吉の素知らぬ顔色は、恚《いか》りを必死に匿《かく》していた。

織部が聞いた話だが、小田原陣のときもそうである。利休が伊豆《いず》の韮山《にらやま》竹から花筒をつくり、秀吉に差し出した。その所作がいかにも横着げである。そのときばかりは秀吉も癇癪《かんしゃく》を起して庭に投げすてたそうである。花筒は庭石に当って、ひびが入った。

利休はそれを拾って、息子少庵《しょうあん》の土産とした。のちに「園城寺《おんじょうじ》の花筒」と名附けたものである。大ていの者は秀吉が怒って捨てたものなら遠慮する。それを持ち帰って皮肉に誇るのは、その気持がおよそ分った。

織部は、夜、己の茶室でひとりで釜《かま》の鳴る音を聞きながら、こんなことを際限もなく思い出していた。利休の最期は、遂《つい》には、そこにゆく運命であったと思うのである。衝突は必ず爆発までもってゆかねばならなかった。風聞にある大徳寺の木像のことも、道具の斡旋《あっせん》に曲事《くせごと》があったことも、女《むすめ》のことも、本当かどうか知らない。織部には、そんなことは、どっちでもよいと思われた。真実の原因は、秀吉の自我と利休の自我との対決だった！　積りに積った秀吉の苛立ちが、利休の首を戻橋で獄門にしなければおかなかったのだ。

すると、秀吉の苛立ちとは何だろう。単に利休の人も無げな振舞いとか、横着な態度とかに向って腹を立てていたとだけでは済まされないものがある。織部には秀吉の苛々している心が、自分の胸のどこかに住んでいたものに似ているのではないかと思った。確かに近い。きっとそれに違いない。自分も利休に対していると、時に、かっとしそうな惑乱を覚えた。

そうだ。秀吉も利休の茶のあまりに見事な完成に反撥しているのだ。一つの芸術が鵜《う》の毛の隙も無く完全な姿で完成すると、それを叩《たた》き壊したい衝動が起る。その発作に苛立つのである。秀吉の自我とはその形であろう。自分が、利休を淀川に見送った時にも、その死を聞いたときにも覚えた安堵《あんど》は、利休の縄から放たれたのではなく、その発作をいつでも自由に手に働かすことが出来る、という安らぎであった。あの時、感じた解放感の正体はこれではなかったか。

すると、利休の芸術に斧《おの》を揮《ふる》うところは何処《どこ》であろう。

織部は、天目を両の掌《てのひら》で囲いながら、ここまで考えてきて、瞑《つぶ》っていた眼を俄《にわ》かに開けた。

「利休めの茶は、所詮は町人の茶道じゃ」

といった秀吉の言葉が、耳朶《じだ》に蘇《よみがえ》って聞えてきたからである。

町人の茶道。——考えてみればそうだった。茶道のもとは室町将軍家に栄えたものである。点茶の際は、身分ある者は狩衣、烏帽子《えぼし》をつけ、または素袍《すおう》を着るが定めであった。もとより武家のものだった。それが相つぐ世の乱れで、新興富裕階級である堺の町人の手に移った。あとで信長が名物狩りをしたのは、堺衆の蒐集《しゅうしゅう》品からだった。名人といわれた引拙も、紹鷗も、利休もみな堺の町人ではないか。茶道が武家風から離れ、町人向になったのは当然といえた。

利休はさらにそれを庶人向に仕上げた。その発明した茶の道具は、悉《ことごと》く庶民の生活用具を取り入れた。そのことに侘《わ》びを密着させた。侘びの見事な接着だった。そのあまりに立派な完成に、武人が眩惑《げんわく》された。利休の卓絶さが、町人茶道の上に踏まえているとは気づかずに、随喜した。

しかしどのような見事さでも、武家と町人との体臭の相違は、どこかにそれを嗅《か》いだ。意識にではなく、嗅覚《きゆうかく》にである。織部は、それを去年の関東の陣でかいだと思った。あの時、利休の花筒を見て、いかにも縁の無いという眼付をして、炎天の下を大股に己の陣所に去った浅野長吉に妙に共感したのは、彼自身の武人の血ではなかったか。記憶にある利休の茶席の取り合せが、一瞬、遠いものに感ぜられたのは、その故《せい》ではなかったか。

堺町人の茶道を武家風に歪《ゆが》みを直す。――ここにこそ、完成された利休の芸術への切り込み口があると思った。

「おれが、それをやる」

――織部は、膝《ひざ》に抱えた天目の冷えたのも忘れて坐《すわ》りつづけた。動悸《どうき》が聞えてくるくらい、気持は昂《たかぶ》っていた。

五

織部は、利休の茶道に挑んだ。

茶室では、貴人口を復活した。利休の創意した庶民風の躙《にじ》り口だけのものを、もとにかえした。彼はこれを武家風と考えた。その躙り口も利休のときまでは茶席の隅にあったものを、彼は中央に移した。そのことによって、秀吉のいう、利休の「陰気さ」を明るくした。

点茶のときでも、利休は台子を用いた。彼はその上に己の好きな黒茶碗をならべて客に見せるのを得意がった。従って炉の茶を点てるということがなかった。

織部は、台子をやめて、ただ炉で茶を点てることにした。台子をやめたのは、彼の見識である。床もつづめた。茶の湯の法式は、畳の目を以《もっ》て度とする。台子を飾った部分の畳目を断ちすてて、その余を用いるから、台目《だいめ》と称した。三畳台目、四畳台目は織部の好んだところである。利休は二畳、一畳半といった風に、出来るだけ茶席を縮めることを心懸けたのに、織部は一顧もしなかった。

手水鉢《ちょうずばち》もそうである。利休は低く低く据えた。だから客は、つくばうようにして手水を使わなければならない。織部はこれを高く据えた。こうすると、あまり屈《かが》まなくともよい。町人風をこのように武家風にした。

利休は露地《ろじ》を深山の山径《やまみち》になぞらえた。「樫《かし》の葉のもみぢぬからに散りつもる奥山寺の道のさびしさ」が利休の心である。織部は、木の間がくれに山の見えるのをよしとした。利休の露地つくりはあまりに暗い、その陰気さを明るく払った。

こうして一つ一つ、師の利休の完成された茶道に挑んでゆくことは、彼には一つ一つの城を落してゆくような歓《よろこ》びがあった。攻めるまでの苦労は大そうなものである。が、敵城を開城させたときの満足は有頂天なくらいであった。氷の壁面のようなきびしい利休の芸術に、織部は次の攻撃にかからねばならない。

織部が心の殆《ほとん》どを傾けたのは、茶碗《ちゃわん》であった。——

茶碗は、はじめ唐《から》物や高麗《こうらい》物が珍重された。唐物の道具を持っていることは、茶湯《ちゃのゆ》者《しゃ》の大事な資格の一つであった。この唐物、高麗物の偏重を改めて、和物の今焼茶碗（楽焼）や瀬戸茶碗を大切にしたのは利休だった。利休の芸術の創意がここにもあった。彼の独自の審美観である。今焼、瀬戸焼のかたちや色に彼は己の美を見つけた。いや、創《はじ》めたといってよい。

利休は黒の色を愛した。彼の侘びの心が黒色から発する美に感動した。秀吉がそれを嫌おうが、無論、構うことではなかった。黒色の内在的な美から、彼は虹《にじ》のように涯《は》てぬ豊かな色彩をうけとった。彼が楽焼、瀬戸焼に黒茶碗を作らせたのは自然のことだった。天下一の名人利休の好みであるというので、茶人はいずれも黒茶碗を愛好した。それだけではない。持っている唐物や高麗物を、わざわざ和物と交換したものだった。

織部は、利休好みの茶碗に矢を放った。まず容《かたち》である。利休の茶碗は、小さく、かたちも単調であった。すべて素朴にするのが利休の侘び心であろう。単調こそ、あらゆる変化を内包していると利休は云《い》いたげであった。しかし織部は、それを砕いた。かたちは、ひょうげたるものを用いた。単調でなく、変化のある面白いものである。瀬戸焼のいびつな歪みに彼は美を見つけた。その歪んだ美は、禅に通わないか。禅こそ、もともと武家のものである。利休の好んだ小さな茶碗を、大振りなものに変えた。形は沓《くつ》形の豪快なものとなる。こうして利休の茶碗からはなれて、己の茶碗の重みを掌の上に受けとめたときに、織部の眼には、はじめて勝利が見えてきたに違いない。

次は黒色である。黒一色では、いかにも利休好みである。彼は瀬戸黒には、その器面の一部分を間取りして草模様を描いた。これは茶器の革命であった。野放図に、利休の侘び茶碗芸術に土足をかけたといってよい。

が、もっと彼をそこに押しすすめたのは、志野焼の出現であった。この肉の厚い、白釉《はくゆう》を濃く施した長石から出来た焼物は、利休だったら滋光のような白一色を珍重したかも知れない。しかし織部は、その白だけの世界に、色彩と紋様を描き入れたい誘惑に駆られた。思う存分な意匠を施してみたい衝動であった。

そのころ、織部は切支丹にひどく牽《ひ》かれていた。彼の妹は、高山右近の妻だった。右近は人も知る切支丹大名である。その因縁からくる影響もあって、彼はひそかにこの西教を信奉していた。少くとも信奉に近い興味をもっていた。従って彼のところにくる耶蘇《やそ》教徒は少くなかった。南蛮渡来の器物を見る機会は多かった。

織部は南蛮器物に施された意匠に驚嘆した。色彩は強烈で明るかった。茶碗の燻《くす》んだ鈍い色を見馴《みな》れた彼の眼に、舶来の南蛮物は圧倒されるくらいに新鮮であった。これを茶碗に生かせぬものか。そうだ、茶碗に色と線を描いて悪い法は無い、と彼は叫んだ。

志野焼の白い肌が彼を待っていた。彼はそれに、工匠を呼んで存分に己の指図通りに描かせた。太い線が珍奇な紋様をつくった。それを明るい原色が埋めて鏤《ちりば》めた。今まで日本に無かった茶碗が出来上った。利休が夢にも思わなかった茶碗芸術の創造であった。その華やかさは、桃山文化の時代背景に一段と光彩を描いた。

てである。

「町人茶道！」

織部は秀吉の云い捨てた一言を、もう一度己の言葉として吐いた。師の利休に向っ

古田織部は、天正十三年に秀吉から貰《もら》った山城国西岡三万五千石を、子に譲って隠居した。そのうち、関ヶ原役が起った。この時は東軍についたので、その功によって一万石をうけた。顔には、もう五十七歳の皺《しわ》が深くなっていた。

茶の湯の名人として、位置は遥《はる》かに高いところに在った。家康、秀忠《ひでただ》、伊達政宗、毛利秀元《ひでもと》、その他の目ぼしい大名は、みな織部と交渉をもった。秀吉の茶頭が利休であったように、織部は秀忠の茶の師匠となった。そのため彼は駿府《すんぷ》や江戸に下って、将軍に茶の湯の指南をした。もはや、天下一の称号は無かったが、実力と風格は天下一であった。

しかるに大坂陣が起ると、織部は家康から大坂方内通の咎《とが》めをうけた。家康と秀忠とが二条城から出るところを襲撃しようとする企《たくら》みを、織部の家中の者がたてたというのである。それは根も葉も無いことではなかった。大坂城内には織部の子が秀頼《ひでより》の小姓としている。織部自身も、秀吉の恩顧を想《おも》い、無慈悲に大坂を踏み潰《つぶ》そうとする家康のやり方に動揺していた。そのような企みごとを家臣の者がしていたのを知らぬ

とは云えなかった。それは武人としての倫理だった。

織部の伏見の邸《やしき》に検使として来たのは、鳥居土佐守《とさのかみ》と内藤右衛門介とであった。鳥居は織部に訊《き》いた。

「何か申し遣わすことはありませぬか。あれば上意に達します」

鳥居は織部が、今度の咎めをうけて以来、一言の弁解も無かったことを奇異に思っていたのである。

「いや、こうなった上は、申し開きも見苦しいでな」

それだけを答えて、彼は前の小刀を握った。そのとき、彼はふと利休にもこの瞬間があったのだと思った。利休は、町人の茶に我執して自滅した。おれは茶人と同時に武人だった。すると、おれは武人であったが故《ゆえ》に、その側のために自滅したのだな、と彼はぼんやり思った。

己が利休の茶道を乗り超えたかどうか、分らなくなった。

岩佐又兵衛

一

天正六年の秋、摂津伊丹《いたみ》の荒木村重《むらしげ》が織田信長に謀反《むほん》した。

荒木村重は微族であったが、信長が村重の用ゆるに足るのを見込んで摂津に置いたのである。信長が石山本願寺攻めに手を焼き、その兵糧《ひょうろう》を入れて支援している中国の毛利との間を遮断するためだった。

しかるに毛利の誘いが村重にかかり、途中で彼は信長に反逆した。信長は怒って伊丹城を攻めた。腰の重い毛利輝元《てるもと》は容易に後詰に来らず、孤立した村重は数人の供と共に城を捨てて遁《に》げ、海から毛利領尾道に奔《はし》った。

この時、村重に二歳になる妾腹《しょうふく》の子があった。母は越前北《えちぜんきた》ノ庄《しょう》の在の者であったというがさだかでない。村重の遁走《とんそう》の際に、乳母はこの子を抱いてひそかに逃れ、石山本願寺を頼った。教主の顕如《けんにょ》にしてみれば、味方の子であるから預かって匿《かくま》った。これがあとの岩佐《いわさ》又兵衛《またべえ》である。荒木の姓を隠して、母方の岩佐を称した。

信長が横死し、秀吉が実権者となった。秀吉と荒木村重とははじめから好《よ》かった。毛利の使として安国寺恵瓊《えけい》が堺に来たとき、秀吉は、村重はどうしているかと訊《き》いた。安国寺は、されば只今《ただいま》は入道し、道薫と名乗り茶などいたしている、と応《こた》えた。秀吉は、村重が茶道では宗易《そうえき》の弟子であることを思い出し、綿二十把を音物《いんもつ》として託《ことづ》けた。

それから程なく、秀吉は道薫の村重を呼び返した。曾《かつ》ての荒大名も今はただの入道である。秀吉は彼を堺に住まわせ、食邑《しょくゆう》として摂津菟原《うばら》を与えた。村重は落城の際にも、秘蔵の茶壺《ちゃつぼ》を持って遁げたくらいであるから、茶道の嗜《たしな》みが深かった。秀吉は道薫を己の茶坊主《ぼうず》として召し使った。

爾来《じらい》、道薫は秀吉の茶席には、宗易、宗久、宗二などの茶頭《さどう》と一緒に出るようになった。彼がこの道で、当代一流を以《もっ》て遇せられたことは確かであった。

本願寺の顕如は、道薫が堺に還《かえ》ったのをみて、二歳の時から匿っていた子を彼に返した。秀吉が大坂に築城を計画し、顕如が泉州貝塚に在った時であるから、又兵衛が六歳の時であった。

「生きていたか」

と道薫は珍しいようにわが子の顔を見つめたが、無論、遁走の怱忙《こつぼう》の際に一瞥《いちべつ》した嬰児《えいじ》に見覚えがある筈《はず》はなかった。道薫にしてみれば、四年前の厭《いや》な記憶が突然に顕《あらわ》れたようなものである。彼は多くの家臣を見捨て、妻子、女どもを見殺しにしてひとりで城を遁《のが》れたのであるから、黒い背徳の劣敗感が心の底にうずいていた。彼は妾腹のわが子を見るに忌《いま》わしい眼付をした。

六歳の又兵衛は、父から邪慳《じやけん》にされて三年を過した。彼にしても父が疎《うと》い。その感情から、父が当代の数寄者《すきしや》でありながら、彼は茶が好きになれなかった。また、父も教えてやるとは云《い》わなかった。彼は父から構いつけられないことに慣れ、孤《ひと》りを愉《たの》しんだ。

又兵衛の記憶にある父の眼差《まなざ》しは、いかにも冷たくて昏《くら》かった。骨格の張った、大入道だったが、身についた暗さが一廻りも縮んで貧弱にみえた。父が傍に来ると、日射《ひざ》しにすうと翳《かげ》が入ってくるように思えた。勝手にひとりで置かれて、気儘《きまま》に画を落書きしている方が自由な空想に陶酔出来て、遥《はる》かに充足感があった。

しかし、父の冷たい瞳《ひとみ》は、そういつまでも彼に纏《まつわ》りはしなかった。天正十四年にその忌わしい六十四歳の眼は閉じた。戒名は南宗道薫、堺の寺に葬《ほうむ》った。

又兵衛は父に死別して天が拡《ひろ》がったような気がした。愛情は少しも感じなかった。一つは、この時、はじめて異腹の兄が二人あることを知った故《せい》もあった。二人とも正妻の子であったが、父の道薫は生きているうち、一度もそのことを彼に話したことはなかった。その分け隔てのある父の心にも憎しみが湧《わ》いてきた。

その翌年、又兵衛は、京都北野の秀吉の大茶会を見物した。見物したといっていい。彼には少しも茶事に関心は無かった。それにこの茶会の大そうな派手さは、ただ十歳の彼に物珍しさだけを覚えさせた。

広い北野に数寄を趣向した茶湯小屋が八百あまりも建ちならんでいた。一番に秀吉、二番に利休、三番に宗久、四番に宗及の同じ小屋があり、公卿《くぎよう》や大名衆がぞろぞろと右往左往していた。大きな樹《き》の蔭《かげ》や、松原のあたりなどには、囲い傘を一本たてた下で茶をするものがあるかと思えば、担《にな》い茶屋に似せた者がある。又兵衛は、この漂うような色彩と、鈍い歌声のような騒音の中に佇《たたず》んだ。

時たま、父の道薫の座敷に客として呼ばれてきた見知りの顔もあった。十徳を着た坊主頭が、一番彼に馴々《なれなれ》しかった。それは利休かも知れなかったし、宗久かもしれなかった。父御が亡《な》くなられて、お力落しであろう、というような意味の悔みを云った。子供に向ってではなく、ちゃんと武人に対するような挨拶《あいさつ》だった。

又兵衛が、決して自分が武人にはなれないであろうと直感したのは、この時であった。奇妙なことに、受けた挨拶の扱いとは、うらはらな予感であった。父の荒木村重が道薫になった理由からではなく、父の自分に向けた冷たい眼からの考え方であった。その眼を彼は世間に押し拡げて、やはり父との間にあった寒い風を感じていた。

ふと見ると、秀吉が萌黄《もえぎ》の頭巾《ずきん》に唐織の小袖《こそで》を着、ぼけ裏の白い紙子《かみこ》の胴服をつけ、真赤な帯の端を引摺《ひきず》って青い草地の上を歩いていた。たくさんな大名がそのあとに笑いながら続いていた。秋の柔らかい陽射しの中に、それはいくつもの点をあつめた色彩をきれいに感じただけで、彼にはうすらさむい秋の冷えしか心に無かった。

二

しかし、又兵衛のその時の直感にも拘《かかわ》らず、そのあと彼は武人への方向に歩いていた。

誰の推挙か分らなかった。多分、利休あたりが秀吉に云ったのかもしれなかった。彼は織田信雄《のぶかつ》の近習《きんじゅ》小姓役に取り立てられていた。彼と信雄との繋《つなが》りは少しも無い。あるとすれば父の荒木村重と信雄の父の信長との不幸な関係だけであった。信雄が父に叛《そむ》いた人間の伜《せがれ》を召抱える義理はなかった。秀吉に押しつけられ、又兵衛を仕方なしに置いたという形であった。

信雄は、まだ秀吉を父の卑賤《ひせん》な家来としか考えていなかった。彼は秀吉の気色を損じて下野《しもつけ》や伊予《いよ》に貶《おと》された苦い経験から、止《や》むなく秀吉の同朋《どうぼう》衆として屈従していた。常真《じょうしん》と号して入道した信雄は、そこだけは信長に似ている長い顔に深い皺《しわ》を立て、ぶつぶつと秀吉の陰口を呟《つぶや》いた。聚楽第《じゅらくだい》などから帰ったときは、一層に機嫌が悪い。陰鬱《いんうつ》な眼を光らして、低い声で秀吉の悪口を云った。

又兵衛は、この主人から決して己が待遇せられないことを悟った。好い眼を向けられたことは一度もないのである。理由は二重にあった。父同士の因縁と、秀吉側から持ち込まれた縁故だった。信雄は苛立《いらだ》っていたに違いない。又兵衛は、決して自分が武人になれぬであろう予感をこのときも改めて確かめた。虚《むな》しい風が肩を吹いた。

が、神経質なくせに、どこか鈍重な鷹揚《おうよう》さのある信雄は、秀吉が死んでからも、又兵衛を放逐するでもなかった。信雄には、そんな気の弱さと人の好さがあった。

無論、又兵衛に対する態度がよくなった訳では決してなかった。よくもならず、悪くもならず、そんな放心したような陰気な関係が何年となく続いた。

又兵衛は、考えようによっては、このやり切れない憂鬱を絵を描くことで遁げた。

世は狩野《かのう》派全盛で、信雄の邸《やしき》にも華麗な屏風絵《びょうぶえ》が沢山有った。又兵衛は誰に就いて習ったというではなく、眼についた好きな図柄を摸《も》した素人絵《しろうとえ》であった。

信雄は京の公卿と往来していた。信長の子として、又、一度は右大臣家であった彼は、何となくそうした貴族的な雰囲気の中に身を置いていた。

その雰囲気が又兵衛に移ったのかもしれない。彼は平安朝ころの歌書や古書に親しむことを覚えた。いや、雰囲気はただ彼の逃避の偶然の媒介であった。所詮《しょせん》は前途に望みを失った彼の自然な遁げ方であった。

世間には関ヶ原の合戦があり、家康は江戸に居ながらにして征夷《せいい》大将軍の宣下を受けた。世が揺れながら変りつつあった。

織田常真動かず、又兵衛はそれ以上に蹋《かが》みこんでいた。この頃は和書だけでなく、古い唐宋《とうそう》の書籍の世界まで踏み入っていた。己から世の動きに離れた。彼の心の中で絶えず揺れつづけてきた武人からの脱落の予感は、もはや、石のような確信になっていた。

しかし、少禄《しょうろく》だが、扶持《ふち》が彼の生活を小さな安易で支えていた。没入した絵も、書籍も、この偸安《とうあん》の上に乗っていた。のみならず、妻を娶《めと》り、子をもうけたことも、不安定で懶惰《らんだ》な生活の流れの一つと云えないこともなかった。

彼は見えない前途の不安に怯《おび》えていた。

あるとき、未知の男が又兵衛を訪ねてきた。父の村重の旧臣の子で重郷《しげさと》という者であると名乗った。亡主の遺子を懐《なつか》しんで来たといったが、実際、そのような感情が眼に溢《あふ》れていた。何をしているか、と又兵衛がきくと、狩野松栄《しょうえい》の門に入って画を描いていると重郷は答えた。その方では狩野内膳と云っているともつけ加えた。

「絵をかいているのか?」

又兵衛は内膳の顔を見つめた。

慶長十一年に奉納した「豊国《とよくに》神社祭礼図屛風」の筆者として知られている狩野内膳と又兵衛との師承関係が出来たのは、このようなことからであった。内膳からは狩野派の画というよりも、画の手法の基本を習ったといった方が適切である。内膳は親切に教えてくれた。あなたには見どころがあるとも云った。それが満更、世辞とも思えない。又兵衛は初めて充実感のようなものが湧いてきた。

この頃、彼と信雄との間は相変らず冷却した関係をつづけていた。信雄自身は、家康と秀頼との険悪な情勢の中にあって動揺していた。彼は昔の秀吉に対する遺恨を忘れていない。あわよくば家康に取り入って、身を立てる機会を企《たくら》んでいた。そんなところは若いころの信雄がそっくり老いた常真入道の顔に出ていた。

又兵衛は、そのような信雄の傍に居るのが、これ以上堪えられなくなった。前途に望みがなく、不安定な主従関係に落着きがなかった。武人としての観念は、疾《と》うに彼から落剝《らくはく》していた。

又兵衛は信雄の許《もと》から去った。信雄も制《と》めなかった。淀《よど》んで腐臭の臭《にお》うような長い歳月の二人の関係は切れた。

扶持を離れてみると、困難な生活が彼を襲った。妻子もある。まだ一人前の画家として立つ自信も無かった。

彼は本願寺に寄食した。教如《きょうにょ》は父の顕如の因縁から又兵衛によかった。又兵衛は止むなくその好意に頼った。が、妻子を抱えては、気兼の多い苦労な生活であった。画を描くことが刹那《せつな》的にそれを忘れさせた。

三

乏しい記録では、岩佐又兵衛の師承関係はさだかでない。狩野内膳に学んだというのは確かのようだが、その他の諸流派は誰に就いたか、ついぞ文字の上に出ていない。

大和絵を土佐光信《みつのぶ》に学んだという説は、恐らく虚妄であろう。雲谷等顔《うんこくとうがん》に至っては無論のことである。土佐派のあまり名の聞えない画師、雲谷派の無名の画家が又兵衛の師匠であったと想像した方が妥当のようである。そのことは又兵衛を流派に束縛しなかった。高名な師に就くほど画流の呪縛《じゅばく》に陥り易《やす》いものだ。その画家たちは、本願寺に何らかの交渉をもっていた。この富裕な寺院は、そういう連中の往来の場所になっていた。

又兵衛は土佐派の大和絵の華麗な手法にも惹《ひ》かれ、雲谷派の水墨にも惹かれた。高名な画師に縛られなかった自由さがそこにあったが、本質は、彼が本職でなく素人であった故《せい》である。二十九歳ではじめて画技を習った彼は、根はやはり武人の門から出たdilettanteであった。

本願寺は画師だけでなく、文人も出入りし、堂上公卿とも交渉があった。又兵衛と三条昭美《あきとみ》の関係もこのようにして起った。この空気は、又兵衛が平安朝の古典に入るにはもっと容易であった。その上、このような貴族の蔵している足利期の水墨画は、彼のかけ換えのない粉本となった。彼の凝視は、土佐、狩野、足利水墨の煩瑣《はんさ》な密林の奥に分け入った。

画技の自信を身につけると、彼の眼は風俗画にも向いた。風俗画は画の正統から外れたものかもしれない。しかし、大ていの画家は気詰まりな画から脱《のが》れて、風俗画の気安さに手を出した。それは落款《らっかん》をつけた行儀正しい画流からのひそかな息抜きであった。秘密めいた自由な充足感がそこにあった。気づかないが、それは正統な絵画——極められた主題に対しての抵抗になっていた。高名な画師たちによっての無署名の風俗画がこのころに多く出た。

時代は見違えるように泰平に落ちついていた。秀吉が植えつけた華美な気風が、世間に根をひろげて花を咲かせていた。空気までが甘いのである。

茶湯は相変らず流行した。幸若舞や猿楽は依然として旺《さか》んであったが、わけてお国歌舞伎《かぶき》は京で大評判をとった。五条の東の橋詰に舞台を構えての華やかな興行は京中がどよめいて見物した。隆達節《りゅうたつぶし》や浄瑠璃《じょうるり》が起り、三味線が流行《はや》った。男の頭は鬢《びん》をせまくして月代《さかやき》を大きく剃《そ》り、若い者は前髪を薄く残して中剃をした。着物は広袖で、大きな模様を色で染め、帯は大幅のをしめた。祭礼、行楽はことに盛大だった。

画家たちの眼が、このような風俗に意欲あり気にそそぐ。又兵衛が描いたのは屏風仕立にした二十四図の「職人尽図」であった。獅子舞《ししまい》と歌比丘《うたびく》、筆師と硯師《すずりし》、寒念仏、箙《えびら》師と灸鍼《きゅうしん》師、笛吹く者と鉦《かね》たたく者、猿廻しと木挽《こびき》、針師、傘師などの姿である。

が、その一方で、彼は水墨で「布袋《ほてい》図」を描いた。「職人尽図」とは別人のように変った描法だった。宋元の墨画に倣《なら》った足利の道釈画ではないかと見紛《みまが》うばかりである。これには自信があって、名前の勝以の月印を捺《お》した。

まだ又兵衛の己の絵は定まらない。狩野でも土佐でもなく、さりとて雲谷様の水墨に定着するでもなかった。それぞれの絵の間を彼は浮游《ふゆう》していた。

そのことを証明するように、彼はこのころ、二人の異質な画人と交際した。一人は俵屋宗達《たわらやそうたつ》という京の唐織の商家の子であり、一人は長谷川等伯《はせがわとうはく》という能登七尾の染工だった。二人の画風が全く異なったように、気質もまるで反対だった。宗達はいかにも京の商人のようにおとなしく、絵は装飾風に巧緻《こうち》細密であった。等伯は鼻柱の強い自信家で、自ら雪舟の五世などと云《い》い触らしていた。画は豪放で、筆勢が剰《あま》って紙を継がなければならなかった。

又兵衛は、この二人のどちらにも惹かれていた。画だけでなく、その性格も好きであった。二人の異質なものをそのまま彼はうけ取っていた。

それに懐疑を感じぬでもなかった。一体、己の画はどこに辿《たど》りつくのだ。その不安である。どの絵にも密着しない危惧《きぐ》であった。時々、穴のような虚しさが不意に襲った。それを消すためには、画技の努力に突入せねばならなかった。

又兵衛が三十九の年齢《とし》になるまで、世間的にはかなりの変動があった。まず江戸に去った長谷川等伯が七十二の高齢で客死した。これが彼にとって一番身近な事件であった。次には大坂冬の陣と夏の陣が起り、豊臣家が滅亡した。大そうな騒動にかかわらず、遠いことのように聞えたが、その中では旧主の信雄が秀頼を裏切って家康を頼ったという事実に興味がなくはなかった。

しかし、彼の生活は相変らず苦しかった。妻子を抱えて本願寺に寄食していたのでは楽になる筈《はず》はなかった。まだ四十にならぬのに、彼の頰はこけ、皺が顔を匍《は》った。画をかいて多少の画料は入ったが、とるに足りなかった。

元和二年の夏のことであった。福井の興宗寺の僧で心願《しんがん》という者が京に上ってきて本願寺に仮寓《かぐう》した。彼は役僧となったので、その執務のためだった。

心願は、又兵衛の画を見てひどく心を動かしたらしかった。話をしてもかなり古典の教養がある。荒木村重の遺子であることにも興味をもったのであろう。

「越前に来なされぬか。田舎だが、気儘《きまま》に画など描きなされ」

とすすめた。しかし、案外、又兵衛の本願寺内での気の毒な生活に同情したのかもしれなかった。

すでに中年の峠を越していた又兵衛は、京で画師として身を立てる望みは絶っていた。生活も疲れた。田舎暮しの悠長さが彼の心を誘った。

又兵衛は、任期の終った心願に伴われ、妻子を連れて北陸路に旅立った。もう京にはかえられぬものと覚悟を決めたのだが、春だというのに、琵琶《びわ》湖の北、余吾湖《よごのうみ》を過ぎるころから雪があるのを見て心細かった。

この年、狩野内膳が死んだ報《し》らせを彼はうけた。

四

北ノ庄に下って心願の興宗寺に身を寄せたが、又兵衛にとって格別心の豊かな生活ではなかった。寄食の客であることに変りはない。暗鬱な厚い雲が垂れ下る冬の空が、彼の心を凍らせた。永い暗い冬が、そのまま彼の気持を象徴していた。

本願寺に居るときは、せめて貴族や文人との交際があった。しかし、この田舎に引込んでしまっては、その刺戟《しげき》的な空気の欠片《かけら》も無かった。ものを云い合う人間といえば、近所の鈍重な顔つきをした百姓ばかりであった。又兵衛は寺の一部屋に屈《かが》み込んで坐《すわ》り、滅多に外に出ることもなかった。

又兵衛は、終日閉じこもって画を描いた。画を描くよりほかに仕方のない生活であった。九年というものの間がそうであった。

狩野風の画を描き、唐宋の画に分け入ったが、又兵衛が最後まで強く惹かれたのは大和絵だった。これだけが滓《おり》のように彼の心に残った。累積《るいせき》した平安期の知識が、いつの間にかそれに接着させたのである。やはり土佐派が自分の心に一番適《かな》うように思われた。

薄明のような自信がようやく又兵衛にも見えてきた。

——おれの画もやっとものになるかな。

永い永い年月の末である。凍《い》てた土の底にぬくもりを感じた瞬間に似ていた。これに気がついた時は、彼の画は土佐風を基盤にして狩野派の技法や漢画の筆法が乗っていた。これまで異質なものがばらばらに寄り合っていたが、今は、彼の創意がなまなものを殺して己のものになり切っていた。それぞれの流派の一つ一つを彼ははじめて組み伏せ得たと思った。すでに模倣のかげは無かった。筆致は、雲谷や等伯の生な荒々しいものではなく、強さの中にも柔軟な、とぼけた軽妙さが出ていた。人物の顔も、平安朝絵巻の模本から脱れて、豊頬《ほうきょう》に長い顎《あご》を添えて創作した。

画技に自信を得た喜びはあったが、生活は北国の冬のように幽暗であることに少しの変りもなかった。女房を喪《うしな》って彼は鰥夫《やもめ》となった。不自由が募った。頭には白髪が多く、顔に刻んだ皺《しわ》は深くなっていた。

が、寛永元年になって、はじめて又兵衛に運らしいものが顔を向けた。この年、城主松平忠直《ただなお》が貶流《へんる》され、嫡子忠昌《ちゃくしただまさ》が当主となった。北ノ庄は福井と改まった。この代替りとなって、心願が又兵衛を絵師として忠昌に推挙したのであった。心願にしてみれば、己が京から連れてきた又兵衛に責任があったのであろう。また、寺に置いた彼の気の毒な生活が正視に堪えなかった。その画には心願はもとより感心していた。

忠昌は心願に、お前がそれほど云うなら描かせて見るがよい、と云った。心願は喜んで又兵衛にそれを告げた。

又兵衛は十数日を制作にかかった。出来上がりに自信があった。これで駄目なら自分に運がないものと覚悟していた。

忠昌は見て、意外な顔をして、これほどの者が領地に居るとは知らなんだ、と云った。心願は世話した甲斐《かい》を喜んだ。

又兵衛は忠昌の庇護《ひご》をうけて、ようやくに生活が安定した。この生活の安定が、精神の活動にどれほど快い鞭《むち》であるかを又兵衛は知った。長く閉された雲が動き、明るい日射《ひざ》しを彼は感じた。彼は後妻を迎え、初めて幸福感らしいものを味わった。

忠昌に知られてから、彼は小さな制作をつづけていたが、寛永三年から四年にかけて、人麿《ひとまろ》と貫之《つらゆき》の図を水墨で描いた。それから、伊勢物語や官女観菊や霊照女や政黄牛などを画題とした十二図の彩色屏風絵《びょうぶえ》を仕上げた。「人麿図」などの水墨は、彼が長年追究した漢画の手法を存分に揮《ふる》ったものだった。しかし彩色十二枚の屏風絵は、土佐派に漢画派を融合させた彼の独特な創意の描法であった。この二つの画風は別人が描いたように異質に見えた。彩色の屏風絵の人物は、和漢の歴史の上に材をとった。絵として総合した構図に、両国の人物を対比して置いたのも彼の工夫であった。平安と唐宋の古書に没入し、その知識を貯蔵した彼は、主題も自然にそのようになった。いや、そうしたくて堪《たま》らない衝動から出ていた。

忠昌はこれらの絵の出来を大いに賞《ほ》めた。和漢の人物を一つに按配《あんばい》したのは大そう面白いと云った。他人の批評が多くの芸術家の方向を決定することがある。忠昌の一句の評言は、又兵衛に自信をつけて、その様式を密着させた。

例えば、その後、寛永十一年に六曲小屏風用に十二枚を書いたが、これも和漢の人物の相対であった。大黒、恵比須《えびす》、寿老、布袋などに仲国《なかくに》と小督《こごう》が対照してある。月光に読書する支那《しな》の若者に、公卿《くぎょう》と三羽の鶴《つる》を一方に描き、竹林七賢人に三笠《みかさ》山が按配してあるという風である。それがいつか又兵衛の画風の顕《あら》わな特徴となった。

忠昌は、官女観菊や霊照女の十二図を珍重していたが、後にこれを家士の金谷某に功ありとして賜った。

又兵衛は和漢の人物を描いたが、やはり和朝の人物の描き方がすぐれていた。そこに大和絵に多く惹かれていた彼の画技の傾斜があった。

ところが、福井在住二十年目に、又兵衛に突然な身辺の異変が起った。

五

それは異変といっても差支えなかった。俄《にわ》かに江戸の幕府から出府を命ぜられたのである。理由は武州川越の東照宮喜多院が先年焼失したので、その再建に当り、拝殿に掲げる三十六歌仙図を揮毫《きごう》せよというにあった。

これはどのような事情からか彼自身にもさだかには分らなかった。まさか自分の画が江戸まで聴えたとも思えなかった。

あとで分ったことだが、江戸の大奥に荒木の局《つぼね》というのがいて、かなりの地位にいた。この女中が実は又兵衛の異腹の兄、つまり村重の正妻の子の荒木村常《むらつね》の養母であった。荒木の局は、又兵衛の存在を知って春日局《かすがのつぼね》に頼みこみ、この一代の大奥の勢力家が東照宮再建の奉行堀田正盛を動かしたらしかった。春日局は、正盛《まさもり》の生母である。が、それだけではなかった。東照宮はいうまでもなく天海僧正の勧請《かんじょう》であるが、天海と松平忠昌とは特別な親しい関係にあった。忠昌は家康の曾孫《そうそん》であるから、天海も疎略《そりゃく》には扱えなかった。忠昌は又兵衛のことを或《あ》るとき自慢して、その画も天海に見せた。天海がそれに感服して又兵衛を江戸に呼ぶ気になったことも重要な理由であった。

だが、又兵衛は、この折角の機会も迷惑にうけとった。若いときなら、無論のこと喜んで出府したであろう。しかし、彼はもう六十になっていた。功名心も野心も疾《と》うに洗い流されていた。機会の来かたがあまりに遅すぎたといえる。辛酸の風雪に晒《さら》されて、髪は真白になり、皺の寄った顔は老醜が漂いはじめていた。不惑をこえて作った二度目の家庭も捨て難かった。

江戸からの召喚は、しかし絶対だった。応じないとすれば、藩主の忠昌にも迷惑がかかりそうであった。彼は己の腕の自負をただ一つの恃《たの》みとして重い腰をあげねばならなかった。

江戸に出たら、果していつ帰れるものか分らなかった。それほど大きな仕事なのである。己の年齢を思うと、生きて妻子の顔を見られるかどうか分らない。

又兵衛はまだ雪が解けぬ寛永十四年二月の半ば、梅も咲かぬうちに福井を出立した。妻子は城下の外れまで来て見送った。子の顔が冷たい風の中に赭《あか》いのがいつまでも彼の眼に残った。

越前国湯尾峠を越えたときは、寒返る山風と大雪に一方ならぬ難儀をした。この道は二十年前、興宗寺の心願に伴われて京から来た道であった。今は、それを逆に還《かえ》るのである。その心願も五年前に入寂していた。

峠を越えると又兵衛は一部落について小家に入り、柴《しば》や萱《かや》で焚火《たきび》をたかせ、粟飯《あわめし》をたべ、瓢《ひさご》の酒などのんで人心地をつけた。それから夜明けて行くと敦賀《つるが》の浦についた。浜には海士《あま》の塩やく煙が立ち、北の海が茫漠《ぼうばく》とひろがっている。ここに知り人があって一日逗留《とうりゆう》し、磯辺《いそべ》の貝など拾ってのどかに遊んだ。昨日の峠越えの難儀とは嘘《うそ》のように変っていた。福井の方角を見ると灰色の重い密雲に閉されていた。

敦賀を立ち、琵琶湖をすぎて大津に泊り、あくる日、逢坂《おうさか》山を越えると、なつかしい京が見えた。これが見たいばかりに、東下の途中を彼は廻り道をして来たのであった。幼時より三十九歳まで馴染《なじ》んだ京都は、忘れ得ない彼の故郷であった。二十年、暗鬱《あんうつ》な福井の田舎で夢に見たことも一再でなかった。彼は泪《なみだ》をこぼした。

「古郷といひ、都といひ、一かたならずうれしかりし。いにしへには繁昌《はんじやう》のよそひ誠に帝土ぞ高かりけり。みやこは二条油小路にてゆかりの家に人訪ぬれば、年久敷してあひ見しとて、主《あるじ》のさまざまにもてなして、こよなき心の色を見する程に、十日あまり逗留し侍《はべ》り、むかし見しかたこひしく、しのびかねて方々あるきし。まづ祇園円山《ぎおんまるやま》雙林寺《そうりんじ》竜山清水ここかしこに詣《まう》でて日をくらしつ」

と彼は筆をなめながら日記につけた。

京の生活は苦労だったが、既往の苦痛は剝脱《はくだつ》して、なつかしさだけが残った。昔みた土地が慕わしく、方々を歩き廻った。土地の様子にも変化があったが、彼自身も老《ろう》爺《や》になっていた。

北野のあたりまで歩いて来たときは、足が萎《な》えるほど立ちつくした。大茶会の様子が昨日のことのようであった。子供のときに見た秀吉の派手な風体が、松林の間からいまに出て来そうな幻覚さえした。

そういえば、あのとき茶坊主《ぼうず》が近寄ってきて、彼にひどく丁寧な挨拶《あいさつ》をしたものだった。十歳の少年に向ってではなく、一人前の武人に対しての礼儀のある口吻《くちぶり》であった。その瞬間、彼は自分が武人になれぬことを予感したものだった。

その予感は、五十年を隔てた現在、本当だったと応《こた》えに来たと云《い》おう。武人には、まさに成れなかった。とうにそれから転げ落ちた。惨《みじ》めな生活に何十年となく苛《いじ》められてきた。今も、計り知り難い老いさらばえた身を、行方も遠々しい江戸に運ぶ途中である。

空疎な長々しい人生がまだ続いている。又兵衛は茫乎《ぼうこ》として北野の松林の中に立ちつくした。

「世のおとろへのかなしさに、ひなの住ひに年を経て、はたとせ余り越前といふ国へ下り、いやしのしづの交り、みやこの事を忘れはてて、老いくまれるよはひの程――」

と彼は日記に書きつけた。

小堀遠州

一

小堀作介政一《こぼりさくすけまさかず》に一つの記憶がある。

政一が大坂平野《ひらの》の陣で家康に謁《えつ》したのは、元和元年五月七日であった。

家康はこの日の未明、牧岡を発して道明寺の戦場を巡視し、巳《み》の刻に此処《ここ》に到着したのであった。彼は、しばしば戦場に馴《な》れたる身なればとて武具を着けず、羽織を気軽に着ていた。気軽だったのは、戦場馴れのためばかりではない、前日に大坂城攻囲戦の落着が見えてきたからであった。あとは城を落すばかりなのだ。

大和郡山《こおりやま》方面の警備に当っていた政一は、攻城戦に参加するため早朝に平野に来会した。折から家康の参着を知って、機嫌を伺いに大御所の前に出たのだった。

家康はこれから八尾方面から来た将軍秀忠に対面するため、輿《こし》に乗るばかりのところであった。その忙しい僅《わず》かな時間の隙《すき》に、家康は政一に会ってくれた。

「作介か。久しいのう」

家康は曲彔《きよくろく》に腰かけて、横から煽《あお》がせていた。実際、暑い日である。七十歳の家康の日焼《や》けした頬には汗が光っていた。眼もとには愛想のよい微笑がある。

政一は、畏《かしこま》って自分の持場である戦況を報告した。家康は、ふむ、ふむ、と聞いているが、別に質問は無い。気づくと、別段興味なさそうな表情だった。いかにも義務的に聞いているという顔であった。

話が一段落すると、家康はそれを待っていたように、

「遠州。わしもすぐに暇になる。そのときは、そちの点前《てまえ》で一服所望したいな」

と云《い》った。声に力がある。仰ぐと、今までと打って変ってひどく気を入れた顔つきになっていた。戦さの話には浮かなかった家康の顔いろも、茶事となると熱心なものに変っていた。この変化の理由に政一はまだ気づいていない。

政一が有難くお請けすると、家康はそそくさと輿に乗った。同じく武具をつけていない本多正信《まさのぶ》が馬を寄せて何かささやくと、家康はむつかしい顔をして二、三度うなずいた。もはや、政一に見せた数寄者《すきしや》の眼つきも、もう一つ前の義務的な表情も、ど

こかに消え失《う》せていた。あるのは炎天の原野に放っている偏執的な老将の眼つきだった。

たくさんな軍兵《ぐんぴょう》の甲冑《かっちゅう》の金具が、暑そうに光りながら行列をつくって消えてゆくのを政一は見送った。それが遠ざかったときに、彼は何故《なぜ》家康が先刻、自分の報告に不熱心だったか訝《いぶ》かる気持が起った。

不機嫌なのではない。それはすぐあとで、そちの点前で茶を飲もう、と云った愉《たの》しげな眼で分った。何故、あのときは呆《ほう》けた顔になっていたのか。

小堀政一が迂闊《うかつ》にもその理由に思い当ったのは、大坂城が落ちた八日の夜、家康が遽《にわ》かに伏見に引上げ、九日に諸将の賀を受けた時であった。

家康はまことに機嫌がよい。死期遠くないこの老人は、宿望を達して、誰彼となく目通りに来る者に戦闘の労を犒《ねぎら》い、口辺から笑いが熄《や》まなかった。殊《こと》に奮戦した藤堂高虎《たかとら》、伊達政宗、井伊《いい》直政《なおまさ》などに対しては手放しで賞《ほ》め上げた。その他の諸将に至るまで多少ともこの賞讃《しょうさん》に与《あずか》らぬ者は無い。

しかるに政一が家康の前に出ると、家康は政一の面上に一瞥《いちべつ》を掃いただけで、すぐ次の武将に愛想のよい眼を移し、親しげな言葉をかけるのであった。暇になったら茶の点前をしてくれ、という言葉はこの時は出ない。

政一は、はぐらかされた気持でその場から退《さが》った。心に穴があいたような物足りなさがあった。

考えてみると、彼は家康から賞詞を貰《もら》うほどの働きをしていなかった。彼がしたことといえば、前年の冬と同じように、開戦のはじめに郡山方面を警備したに過ぎなかった。それが唯一《ゆいいつ》の戦績なのである。大坂の攻城戦には参加したが、それはただ参加したというのみであった。これと目立つ戦闘の持場を預かったわけではない。いや、貰えなかったといった方がよい。家康がいま、政一を慌《あわただ》しげに一瞥しただけで済ませたのは、正直な報酬といえそうだった。

政一は、平野の陣で家康に会ったとき、自分の報告になぜ家康が不熱心だったか、はじめて分るような気がした。家康にとっては、郡山あたりの警備報告など、どっちでもよかったのである。戦況には神経質な家康も、大勢に影響の無い話には仕方なしに耳をかしていたのだ。それはいまの冷淡な一瞥に通じている。

それならあのとき、茶の話に眼が甦《よみがえ》ったように活々《いきいき》となった訳は何か。

理由は政一に今は簡単であった。家康は彼を茶湯者《ちゃのゆしゃ》として解しているのである。茶湯の上手としてしか彼は家康の眼に映っていなかったのだ。こんな風に解けば、さしたる持場が貰えなかったことも分るのである。そればかりではない、家康が今度は茶のことを云い出さなかった気持も察することが出来る。戦勝に昂奮《こうふん》している家康は、茶などという閑《ひま》ごとは現在少しも脳裏に無かったのだ。

政一は虚《うつ》ろな心になった。

彼が古田織部の弟子として、名だたる数寄者の評判は早くからあった。茶ばかりではない。父の正次《まさつぐ》の血をひいて作事にも才能があることも知られていた。現に四年前には名古屋城天守の作事の一部を無事につとめた。それから同じ年に大徳寺の竜光院内に茶室を造った。翌年には命ぜられて禁中の作事方となった。

だが、その特技が武人として軽蔑《けいべつ》されていることを、政一は家康の眼から思いがけなく露骨に知らされた。爾来《じらい》、この時の衝撃が、彼の性根の底に一つの意識となって生涯黒くしみ込んだ。

二

小堀新介《しんすけ》正次は秀吉に仕えたが、関ヶ原の時に徳川方についた。彼は慶長九年、備前から江戸に帰る途中、藤沢の宿で発病して死んだ。その遺領のうち、一万三千石をついで備中《びっちゅう》松山城を宰領したのが長子の作介政一である。

慶長十二年十二月、家康は風邪気味で駿府《すんぷ》城に引籠《ひきこも》っていたが、夜中に出火して城が焼けた。その再建に諸大名は努めたが、政一も作事奉行をうけもった。その功で従《じゅ》五位下遠江守《とおとうみのかみ》となった。彼が世間から「遠州」と呼ばれた所以《ゆえん》である。

政一が古田織部について茶を習ったのは十四、五歳のころからだった。織部は利休の弟子だが、彼は利休の侘《わ》びに徹した町人茶道を武家風に改革した男である。利休が秀吉と衝突して自滅すると、織部は秀吉に用いられ、秀吉の死後は家康の茶を指南した。

織部は政一の才を愛した。それだけの素質を彼はもっていた。例えばこんなことがあった。手水鉢《ちょうずばち》の水門は、それまで四方の縁《へり》に瓦《かわら》を敷くので、内に水溜《みずたま》りがして悪かったが、政一が十八のときに、洞《ほら》水門を深く掘って中に簀子《すのこ》を当て、縁も練土で固め、松葉を敷いた。織部がそれを見て、これまでこのような水門はなかった、作介は名人になるだろう、と感心したことがあった。

利休は、茶道では作意が大切だといった。織部も工夫を心がけ、彼はそれだけ師の茶に反逆した。弟子といっても、芸術の本質は伝習でなく創造だから、織部が政一にその素質を発見して愛したのは道理である。

政一が伏見奉行になったのは、大坂の陣で家康の冷たい眼に出遇《であ》ってから八年後のことであった。

その間に、無論、家康は死んだ。のみならず、その前には古田織部が自刃《じじん》していた。織部は大坂陣で敵方に内通を疑われ、申し開きも見苦しいといって腹を割いて果てたのである。政一のもとには、織部の遺品として魚屋《ととや》茶碗《ちゃわん》が届いた。

朝鮮産のこの平茶碗を手にとって、釉薬《うわぐすり》の青赤色を見ているうちに、政一は微《かす》かな怯《おび》えを覚えた。利休も織部もともに非業《ひごう》の死を遂げた。利休の弟子の山上宗二は耳と鼻を剃《そ》がれて死んだ。政一の怯えた眼は、茶人の運命に震えたのである。

彼はこのとき家康の冷たい眼の光に思い当った。戦勝に昂奮した家康の、茶など歯《し》牙《が》にもかけぬげな、とりあわぬ顔が泛《うか》んだ。——彼が、利休や織部の死をばかばかしく思い、己は決してその轍《てつ》を踏むまいと決心したのは、根はこの劣弱感につながっている。以後、六十九で果てるまで、この意識が彼を縛った。


織部の死後、政一は秀忠の茶事を指南した。当代、茶にかけては政一にならぶ者がなかったのだ。

利休や織部も多才だったが、政一はもっと多芸であった。建築、造庭、書、生花、和歌といった風である。

建築、造庭に限って、彼の生涯の仕事をやや年代順に拾ってゆくと、次のようなことになる。

慶長十九年、備中松山城を修理し、頼久寺庭園を造った。翌年は伏見城本丸書院作事奉行と二条城の作庭奉行をした。元和四年、女院御所の作事を奉行し、六年には東福門院御殿造営奉行をつとめた。元和十一年に二条城行幸御殿を普請《ふしん》し、この年、大坂城本丸の備御殿の作事奉行をした。寛永四年、南禅寺金地院《こんちいん》の茶亭を造り、翌年の五月まで仙洞《せんとう》御所の作事にかかった。寛永五年、二条城二の丸の作事奉行となり、翌年には江戸西の丸の茶室と造庭に携った。

寛永九年、金地院の庭園を完成した。十年、仙洞御所の造庭をし、二条城本丸の数寄屋作事をした。十五年、品川東海寺の茶亭作事奉行をし、十七年、新院の御所造営をした。この頃、桂離宮《かつらりきゅう》の工事がすすんでいたが、直接の指揮ではないにしても、その構想に助力している。

これだけでも大へん多忙である。

彼のその才能を最も買ったのは金地院崇伝《すうでん》で、政一が金地院の造庭をしたのは、その頼みによるものだった。彼が仙洞御所をはじめ、多くの宮廷関係の造営に携ったのは崇伝の意図からであろう。のみならず、二十年間もその職にあった伏見奉行も、崇伝の意志から出て幕府に任命させたに違いない。

崇伝が政一を贔屓《ひいき》にしたというよりも、裏側の政治的な操作に彼を使ったのだ。

当時、幕府と朝廷との間はかなり険悪であった。

後陽成天皇の退位のあとをうけて即位したのが第三子の後水尾天皇である。後陽成院は第二子に譲位の希望があったが、幕府は或《あ》る理由でしりぞけた。この第二子が桂離宮を造った八条宮智仁《としひと》親王であった。

さて幕府は後水尾天皇を位につけた恩をうるためか、その女院として秀忠の女《むすめ》和子を入内《じゅだい》させようとした。幕府の勢力を御所に侵入させる目的であることはいうまでもない。天皇は止《や》むなく承知したが、ここに一つの問題が起った。

それは後水尾天皇が父譲りの女好きで寵愛《ちょうあい》の女が数人あり、しかも子があったことだ。秀忠はそれを怒って天皇の側近公卿《くぎょう》を処断し、和子の入内を遅らせた。天皇は困惑して恭順し落飾を申出たくらいだ。秀忠は、それではじめて和子を入内させた。これが東福門院である。

江戸幕府の現地代表者は京都所司代板倉重宗《しげむね》である。重宗は強硬手段で宮廷に干渉した。和子に子をあげさせるため、天皇の寵妾《ちょうしょう》を遠ざけ、妊娠の者は堕胎させ、或《あるい》は圧殺した。さすがの天皇も幕府に不快をもつようになった。それが爆発したのが紫衣《しえ》剥脱《はくだつ》事件である。簡単にいえば、幕府が制定した諸宗法度《はつと》をもって、朝廷が在来宥《ゆる》してきた僧侶《そうりょ》の出世、上人《しようにん》号を取り消させ、わずかに残っていた皇権を踏み潰《つぶ》そうと企らんだのだ。

後水尾天皇は怒って、譲位をもって対抗した。皇子無く、和子が生んだ五つの皇女があるのみだから幕府は当惑するだろうと目算したのだが、幕府はあっさり肩すかししてこれを承認し、かえって院の入るための仙洞御所の造営をいそいだ。後水尾院はこの御所で悲憤の生涯を送っている。

この朝幕衝突で一番活躍したのが、金地院崇伝である。崇伝が小堀政一を伏見奉行に置いたのは、その茶道趣味で、動揺している公卿を宥和《ゆうわ》させる意図があったのであろう。近衛信尋《このえのぶひろ》はじめ多くの公卿が政一に茶を習っている。所司代板倉重宗は強面《こわもて》な存在だ。一方で叩《たた》き、一方でなだめるのは徳川幕府のいつもの手段である。

政一の京地での位置は裏からはこんな道具に使われていた。

三

政一の茶は、織部の系統をひいてその特色を発展させ、書は親交のあった松花堂《しようかどう》に習って定家様をよくしたが、彼の才能の一番よく現われたのは、やはり、茶亭の造園であった。

利休は、侘び茶の精神を庭にも創造した。露地は「茅屋《ぼうおく》」にふさわしく山路でなければならなかった。深山幽谷の幽玄よりも、山路の物寂しさが理想であった。妙喜庵《あん》や不審庵の露地は、その形式の一応の完成である。

織部は、この暗い露地をかなり明るくした。秀吉と利休の相剋《そうこく》が、茶道芸術における武家と町人の衝突とみることが出来れば、武人の織部が利休好みを改めたのは当然である。利休が実用を心がけたのは、町人心理かもしれない。織部はもっと美観に重きを置こうと試みた。

古い平安時代の寝殿造庭園は、貴族の遊山的な鑑賞に設計せられた。寝殿と東対屋《たいのや》とに架った渡廊下の下から遣水《やりみず》をひく池泉庭園である。中島には釣殿をさしかけたり、反橋《そりはし》や斜橋で連絡する。自然の模型はあっても、鑑賞はあくまでも優雅な遊びであった。もののあわれはあっても、それは文学的な観賞の遊びに過ぎない。

室町時代に入ると、禅寺を中心として枯山水《かれさんすい》の庭園に移行した。禅宗の思想は武士階級にうけ入れられ、この枯淡な庭造りが気に入られた。地面は狭くなり、石組みが中心となった。彩色の無い、自然の石に武士達は無常観を見出《みいだ》したのであろう。そこには、すでに遊びはなく心が在った。庭園は自然のきれいごとな模写ではなく、無常の世界の象徴であった。前代のもののあわれが、宗教的な虚無観に移る。一つの石、一本の樹《き》に、彼らは己の心の行方を見つけた。

平安朝時代には、庭樹には割と平気であった。樹木は自然の樹形のままで用い、多少の手入はあっても伸びるに任せていた。しかし樹木の成長は当初の形を甚しく変える。そこで室町期には、庭の均衡を破るような生育の激しい樹を忌《い》み、遅い樹が選ばれ、季節毎《ごと》の刈込みが行われた。

が、これを追究してゆくと、樹は僅《わず》かでも生長して、いつかは釣り合いを失うから、樹木は一切使わない理論となる。その果てが、石と砂、砂だけのもの、草庭や苔庭《こけにわ》の発想となった。

庭はいつも建築の様式と離れることが出来ない。室町の末期に書院造が発達すれば、それに影響されて書院庭となった。書院が禅寺の形式を武士の住居に取り入れたとすれば、庭もいよいよ武家風に、簡素、剛健にならねばならなかった。

天正期には信長が殊《こと》のほか茶を愛好したので天下の武士の間に茶が流行した。紹鷗《じょうおう》、利休のような天才が現われて、一層、茶事は繁昌《はんじょう》して茶室建築が行われた。珠光《じゅこう》の茶室は四畳半、壁は鳥子紙《とりのこ》の白張附、紹鷗の茶室も同じようなものであったが、利休は壁を紙から土壁に、柱は杉や松の皮つきのままの丸太を用いた。すべて、藁屋《わらや》に名馬繋《つな》ぎたるがよし、の理想の通りであった。

茶室が田舎の草庵であれば、茶庭もそれに従わねばならない。こうして物寂しげな山路になぞらえた露地が利休によって完成された。木戸には田舎の百姓家のものを持ってくる。明りのために古灯籠を探し、蹲踞《つくばい》形の手水鉢を配した。極端に狭い地面に配置した樹石の姿に「わび」を表現した。

が、利休の茶道は、要するに町人茶道であった。珠光も紹鷗も利休も宗二も奈良や堺の町人である。戦国争乱で京都の貴族が逃亡してきて、この地に茶道がひろまったといわれる。が、利休の「わび」は町人の芸術であった。前の時代の無常観とは異《ちが》う。禅学的な教養をもつ武士階級の感情には当然に反撥《はんぱつ》があった。利休の死滅後、三万五千石の大名古田織部によって利休の茶道は変改せられる結果になった。

織部は露地を明るいものにした。砂利道に切石など取り合せた例のように、見た眼に美しくしようとした。茶碗なども、利休が黒や、柿色《かきいろ》の楽焼を好んだのに対し、志野の白地に異国模様を描き、派手な彩色を施させた。

しかし織部は、茶碗ほどには茶庭を改めなかったようである。彼の早い不慮の死によったためであろう。その仕事は、弟子の政一の手にゆずられた。

庭園の構成は、地割りと石組みである。自然風景の凝集がこの二つの布置に要約せられるから、石組みの重大な要素となる。利休は、寂びたる趣を出すために丸石を多く使ったが、織部は切石を多く用いた。政一は石の姿を、もっと派手なものとした。いかにも美しい視覚の効果を狙《ねら》った。石の配列も、或るものは竪《たて》にし、或るものは横に寝せて、旋律的な感じを出した。

利休が庭だけに自然の趣を出そうとしたのに対し、政一は遠景に周囲の実景をとり入れた。刈込みは一層装飾的である。遠山を舟に見立てて青海波《せいがいは》形にしたり、蓬萊《ほうらい》を想《おも》わせて鶴亀《つるかめ》の形にしたりした。

書院庭園が、座敷より眺めるためであったのに、政一の設計は、廻遊式の効果を強調した。暗い木陰を行くと、不意に流水を渡る。急な坂道を上ると、木の間から眼下に光る池を見せる。池の中島に行く橋を渡ったり、広い草地からおだやかな水面を見せたりする、歩くに従って視覚の変化を与えた。

これは、暗い、狭くて窮屈な露地式の茶庭を改革して完成した政一の造庭であった。世間は「遠州流のきれいさび」といったが、茶の侘びの根本精神は変らぬにしても、利休好みに反逆して美観を強調したことは、図らずも以後の庭園を女性的にさせた。

四

政一の作意については、さまざまなことが世に伝わった。

前田利常《としつね》が大津の屋敷に庭をつくったことがある。築山《つきやま》も泉水も出来た。折から利常は留守であったが、政一がそれを観《み》に行った。そのとき彼はこう呟《つぶや》いたというのだ。

「大名の数寄《すき》としては小さなお好みですな。あの大山と湖水がお眼に見えぬようです」

これを聞いた家来が、帰って来た利常に云《い》うと、利常はうなずいて至極尤《もつと》もだといった。それから泉水を埋め、山を崩して捨て、石だけを残した。向うに塀を立て、中央だけを切りぬいて、そこに格子《こうし》をつくると、琵琶《びわ》湖から叡山《えいざん》、唐崎、三笠《みかさ》山まで一眼で見渡して、雄大な庭の眺望となった。そこで政一を呼ぶと、彼は手を打って、

「これでこそ大名の露地です」

とほめたというのである。

政一が伏見に居たとき、京の数寄者が屋敷に訪ねてきたことがあった。政一は、今日は客が来る筈《はず》だったが、雨のために不参となった。丁度よいから露地へ廻れ、茶を

振舞ってやろうといった。六月のはじめで、さわがしい夕立があったが、晴れたあとは甚だ涼しかった。

数寄者が案内に従って客室に入ると、床の壁には花が無く、さっと水を打ちそそいだあとがあるばかりである。数寄者は、これはいかなる趣向かと思っていると、政一が現われて云うには、

「今日の夕立で露地の樹々が濡《ぬ》れ、爽《さわ》やかに見た眼には、どのような花を生けても賞《しょう》玩《がん》されまいと思って、花をとり除いたのだ」

と解説したので、数寄者は、あっと感じ入った。これが評判となり、洛中《らくちゅう》の茶人が、雨さえ降れば床を濡らして花を生けなかった。政一がそれを聞いて、大そう笑ったというのである。

炭の場合は、利休は泉州光滝から出る白炭を用いた。織部はそれを更に際立《きわだ》たせるため、白炭の上に胡粉《ごふん》を塗った。その色はまるで白粉《おしろい》を着けたようだった。これだけでも派手になったのに、政一は、胡粉塗りの白炭だけでなく、胡粉に墨をいれて鼠色《ねずみいろ》に塗ったり、赤土色にしたものを取りまぜ、これに竹の小枝や松笠などをとり合せたから、風炉《ふろ》の中は、まるで彩色人形を見るようであった。

炭が美しくなれば、灰も綺《き》麗《れい》にしなければならなかった。「あられ灰を用ゆる事、

炉中がきれいに成故也《ゆえなり》、ふくさ灰にすれば、炭心の儘《まま》に入れにくし」と彼は云う。「きれいさび」という審美一点の作意に絞ってゆく。世間の茶人は悉《ことごと》くこれを見習ったというのである。

政一は、松花堂昭乗《しょうじょう》と親しく交わり、書を習った。政一の書は定家の書風であった。尤も当時は茶人に定家様がもてはやされたためであったかもしれない。

あるとき、前田利常が定家の軸を手に入れたので、それを観《み》せるために政一を席に招いた。床には無論その一軸があるが、政一は一向に知らぬ顔をしている。利常は物足りぬ気な様子だった。それで家臣が政一にささやいて、

「殿にはあの掛物を求めて御覧に入れたいと、わざと今日、貴公をお招きしたのです。定家卿の筆ですから、何とかお賞《ほ》め下さいませぬか」

といった。政一は笑って、

「あの掛物はまさしく拙者が書いたもので、その証拠もはっきりしている。最初から心づいていたが、前田殿には馳走《ちそう》に拙者の手蹟《しゅせき》を懸けられたものと思い、一礼を述べようと考えていたところだ。その方の云うように、賞めろといっても、自分の手蹟をどうして賞められよう」

と返答したので、家臣はいまさらに政一の能書に感じ入って言葉が出なかったとい

うのである。

このようなことを挙げると、きりがない。茶のこと、茶室のこと、庭園のこと、茶《ちゃ》碗《わん》のこと、茶花のこと、陶芸のこと、道具目利《めき》きのこと、和歌や文章のことなど、彼の才能の領域の広さを背景としている。

しかし才能の多面なのは、時として人間に不幸なのである。

政一は、天正七年近江国坂田郡小堀に生れ、二十二歳で備中松山城を預かった。一万三千石だが、とも角も大名である。彼は青年と壮年期を慶長と元和の動乱期に送ったが、格別の仕事を与えられていない。

大坂冬の合戦には備中の在米を大坂へ廻送する役だった。夏の役には郡山方面の警戒の役目が主だった。それから大和宇陀《うだ》城の福島高晴の所領三万石の公収に当り、その使いをした。

それからは播州姫路や丹州福知山の政務を預かって聞いたり、紀州や近江に使いしたり、せいぜいそんなことだった。いつも脇道《わきみち》ばかり歩かされている。伏見奉行は在職二十年だったが、食禄《しょくろく》は一度もふえず、もとの一万三千石のままであった。

茶会や、道具の目利きや、造園の設計の中にだけ小堀遠江守政一は生かされていた。

五

政一にはたくさんな知友がいた。八条宮、近衛応山《おうざん》、そのほかの公卿《くぎょう》たちがいた。若いころからは細川忠興、織田有《う》楽《らく》などがいた。老中や大名には、土井大炊《おおい》、松平伯耆《ほうき》、板倉周防、永井信濃、酒井雅《う》楽《た》、安藤対馬、九鬼長門などがいた。

僧では、崇伝、春屋《しゅんおく》、江月、沢庵《たくあん》、清巌《せいがん》、天祐、玉室などがいる。そのほかには、松花堂昭乗、佐川田喜六、本阿《ほんあ》弥《み》光悦、松屋久好などがいた。勿論《もちろん》、政一を囲繞《いにょう》しているこれらの人々は、茶人や庭の設計家としての彼を買って附き合っているのであった。

世間は、遠州遠州といって彼の名声をひろめた。諸大名から彼への造庭の註文はひっきりなかった。道具の目利きや、周旋の依頼も頻繁だった。

しかし、政一は、己の造った茶室が賞められ、庭園が賞讃《しょうさん》される毎《ごと》に、心のどこかでいつも剥《は》がれるような疼《うず》きを感じた。平野《ひらの》で見た家康の冷たい眼に、不意に突き当った。

武人としては何の働きも無かった。武功一つあったわけではない。何にも無いのだ。なまじ特殊な技術を身につけたために、本当の己が空疎《くうそ》になっていた。時々、身体《からだ》を風が吹き抜けるような寂寥《せきりょう》を覚えた。それは、特技者の持つ、普通の者には理解されない、あの劣等感であった。

家光は三度にわたって政一を賞した。一度は西の丸の造庭をしたので千両を賜った。一度は、品川林中の茶亭で茶を献じたので、清拙《せいせつ》の墨蹟を賜った。一度は、東海寺の庭石につけた名が気に入ったというので、羽織を賜った。金をくれたり、物をくれたりすることが、彼の特技に分相応なのだ。父から譲られたままの禄高で据え置かれ、生涯、千石の増封も無かったことは、武人としての彼を頭から抹殺したやり方としか思えなかった。

政一は、なるほど、おれは無事に生き残ったな、と思うことがあった。それは充足感からではなかった。若い時は、利休や織部の後は踏むまいと決心したこともあったが、年老いてくるにつれて、彼等の死をひそかに羨望《せんぼう》した。これも特技者の後悔だった。

寛永九年の五月、金地院の庭が工事の最中であった。一昨年から政一が崇伝から頼まれたものだった。政一が鈴木次太夫に吟味させた庭石は去年到着していた。庭木は谷口九左衛門に集めさせ、これもこの春に揃《そろ》った。

今は、庭師の賢庭《けんてい》が、政一の設計図に従って、しきりと作庭をやっているところだった。

この庭の設計も実際は政一の芸術的な欲望を満足させたものではなかった。崇伝の好みに妥協したものだった。政一は、家光にしても沢庵にしても、こんな俗物に己の技術を妥協することで、いつもどこかで復讐《ふくしゅう》を味わっていた。

政一は金地院に見廻りにきた。

夏の暑い陽の下で、小柄な賢庭が日焦《や》けした顔に汗を流して人夫どもを指揮している。賢庭は、本当の名は与四郎といって伏見に住んでいる河原者庭師だが、禁裏の作庭がよかったというので後陽成院から賢庭の名をつけられたのである。彼はあとで三宝院の庭などを造ったが、はじめから政一の下についてその指図の工事に従っているのだった。

政一は賢庭が働く姿をしばらく立って見まもっていた。賢庭はあちこちと走り廻っては何かと人夫たちに指図している。いかにも仕事に満足しきった、真剣な働きぶりであった。政一はその姿から眼が逸《そ》らせなかった。

賢庭は、政一を見つけると、傍にきて畏《かしこま》って挨拶《あいさつ》した。

政一は、突然に或《あ》る質問を賢庭にしたくなった。

「賢庭。お前は自分の仕事に満足しているか?」

賢庭は政一を見上げて、不意な訊《き》かれ方にとまどった顔をした。それから吃《ども》って答えた。

「はい。まだ未熟でございますから、なかなか満足までには参りません」

政一は、少し笑ってうなずいた。

笑ったのは、賢庭が質問の意味が分らず、方向の異《ちが》った返事をしたからではなかった。恐らくこの男には、質問の意味は分らないであろう。懐疑の無い幸福な男に、多少の妬《ねた》ましさをまじえて、炎天の下を現場に戻ってゆく彼の姿を見送ったのであった。

光

悦

一

私どもの今住んで居《お》ります村は、京の北に当る鷹《たか》ヶ峯《みね》の麓《ふもと》でございます。村と申しましても、東西二百間、南北七町余、五十五軒の集落でございますが、住人は悉《ことごと》く本《ほん》阿《あ》弥《み》光悦《こうえつ》由縁《ゆかり》の者で、余人は一人も住んで居りません。それというのが、ここは光悦が権現《ごんげん》様より拝領した土地で、洛中《らくちゅう》より移るとき、一族をはじめ己の仕事に関係のある職人どもを引き具して参ったからでございます。私は親父《おやじ》の代りに参りました。

ですから、口六十間の光悦の住いが一番大きいのは当り前でございます。京口から大徳寺の前を北に上《あが》りますと、村の通り町になります。光悦の家は東側の真ん中にあり、その隣に養子の光瑳《こうさ》が口二十間、孫助が五間、光悦の弟の宗知、宗家の光徳の息子である光栄、光益らの本阿弥一門がならんでおります。その向い側の南の端には孫の光甫、宗仁《そうじん》、筆屋妙喜、土田宗沢《そうたく》、それに宗右衛門、蓮池常有《じょうゆう》、むめたに道安《どうあん》、尾形宗柏《そうはく》、茶屋四郎次郎《しろじろう》、くぼう常清《じょうせい》らが住んでいます。尤《もっと》も茶屋だけは京に大きな屋敷があって、ここは時折遊びに来るかり住居でありました。

通り町が突き当り、鉤《かぎ》の手になって西に折れますと、両側に本阿弥十郎兵衛、秋ば多兵衛、たいあみ道有《どうゆう》、大工久右衛門、本阿弥三郎兵衛そのほか召使などが居ります。光悦の実母の妙秀のいはい所は、その南側にあります。こうならべますと、この村の住人の様子が大体お分りのことと存じます。

光悦がこの土地を権現さまから頂いた由来は、どなたも御存知ですから申上げるまでもございますまい。権現さまが大坂御帰陣のときに、所司代の板倉伊賀守《いがのかみ》さまに、光悦はどうしているかとおたずねになったときに、存命して居りますが、あの男は変り者で、京には住み飽いたからどこぞへんぴなところへ移りたいなどと申して居りますと伊賀守さまはおこたえになりました。権現さまは、しばらくお考えになり、さらば近江、丹後などより京都への道に用心あしき辻《つじ》切り追はぎもする所あるべし、さようの所をひろびろと取らせよ、と仰《おお》せられたので、今の土地を頂戴《ちょうだい》したというのでございます。なるほど、通り町が突き当った東西の道路は、近江、丹後への往来で、家の絶えたところは今もって山中の寂しい所でございます。道はときどき崖《がけ》くずれなどいたし、一方の谿《たに》の底には紙屋川《かみやがわ》と申す渓流が這《は》っていて、旅びとが通るにはまず難渋な場所でございます。けれども、ここは洛中を目の下に見下ろす大そう眺めのよいところで、前に千利休が関白さまのお供で来たとき、景色がよいというので竹の柱の庵《いおり》をむすびお茶をたてたことがあるくらいでございます。光悦も大へんな気に入りようでございました。されば、ここを往生場所とさだめ、一ぞくをつれ洛中からひき移ったのでございましょう。

　光悦が、なぜ権現さまから、そのようにひいきにされたかと申しますと、おやの光二の因縁からでございます。本阿弥家は代々、刀剣の目利《めき》き、磨礪《とぎ》、浄拭《ぬぐい》をもって家業とし、足利将軍家にも仕えましたが、光二は今川義元《よしもと》や信長にも知遇をうけました。光二が東海道を下って今川家に参ったとき、権現さまはまだ幼く、竹千代さまといって人質でありました。光二は竹千代さまのために小刀をといでさし上げたり、御膳のお相伴さえ仰せつけられたり、脇差《わきざし》の仕立拵《こしらえ》も仕《つかま》りました。そんな訳で、光二の子の光悦のことをお忘れなかったのでございましょう。

　この光二の妻、つまり光悦の母の妙秀がえらい人でありました。この人は九十まで長生きした方で、私も子供心にうろ覚えに顔を知って居ります。年寄りなどの話では男まさりの大そうなおなごだったと申します。人殺しした者が家の中に血刀さげてかけこんできたのをきてんで逃がしてやったことだの、光二が信長公の勘気を蒙《こうむ》ったとき、公のお馬の口に取りついて愬《うった》えたことだの、石川五右衛門《ごえもん》が蔵の中に忍び入り、諸方から預かった刀脇差を盗んだため、光二が途方にくれていると、本阿弥家に腰刀をお頼みになるほどの武士が、盗人《ぬすっと》にとられたものを返せなどとはよも云《い》うまじと夫を励ましたことだの、子の宗知が交わっている友だちが、その妻を故《ゆえ》なく離縁したとききき、かかる畜生と懇《ねんご》ろにしているのはわが子でないと勘当したことなど、聞いてみて、なるほど、きついおなごだと思う話ばかりでございます。

その一方、妙秀は時服《じふく》など他《よそ》から貰《もら》うと、それを帯や襟、頭巾《ずきん》、帛紗《ふくさ》などの大きさにして皆にくれてやるとか、銭を貰うと、家持ちの者には箒《ほうき》、火打箱、火箸《ひばし》などの道具、女房には糸、綿、手拭《てぬぐい》などを与えるとか、乞食《こじき》には施しをし、いつも人には親を大切にせよ、気苦労をかけるな、嘘《うそ》をいうな、とおしえていたということでございます。ですから死んだときは、単物《ひとえもの》一つ、かたびらの袷《あわせ》二つ、浴衣《ゆかた》、紙子の夜具に木綿の布団《ふとん》、布の枕《まくら》ばかりでほかに何にも無かったと申します。つまり、妙秀は、気の勝った賢いおなごだったのでございます。

光悦は、この母に育てられたのでございますが、およそその躾《しつ》けかたも想像がつこうというものでございます。七つ八つの時から四書五経の素読をさせられ、歌道を教えられ、そのかたわら家業の方もだんだんに仕込まれたのでございます。光悦はこの母の教育によって、母の性格を充分にうけついだと思われます。

こう申しますと、佳《よ》いところばかりをうけついだように聞えますが、私に云わせますと、その悪いところ、尊大、自負、強引、負けず嫌いなどというういやらしいところもひきついだと申したいのでございます。いえ、これは私だけが感じているのではございません。

鷹ヶ峯に住んでいる光悦の近くにいるものは、みんな大なり小なり、そう思っているのでございます。

二

光悦は強気の人で、もし大名にでも生れていたら、さぞ近隣を切り従えただろうと存じます。それというのは、一つはあの仁が信仰している法華《ほっけ》宗の影響もあると思います。この宗派のもっている積極性が、光悦の性格にかなりの役割をしていると私には考えられますが、どんなものでございましょう。

光悦の法華信仰は遠い代からでございます。祖先は南北朝のころの京の公卿《くぎよう》で従《じゆ》二位五条なにがしの子で、これが刀の目利きに長じて足利尊氏《たかうじ》の刀奉行でありました。このひとが尊氏の叔父になる日静上人《しようにん》に帰依《きえ》して剃髪《ていはつ》し、妙本阿弥陀仏《あみだぶつ》といった。それから子孫は、なかの本阿弥の三字をとって家の姓にしたということでございます。この妙本のあと、妙大、妙秀、妙寿と妙の字のつく名がつづいております。この妙寿の養子は清信《きよのぶ》といったが、義教《よしのり》将軍のときに怒りにふれて投獄され、獄中で日蓮《にちれん》宗本妙寺の開祖日親上人と知り合い、法名をもらって本光となのりました。本阿弥家が代々、光の字をつけるようになったのは、こんな因縁からでございます。本光のあとが光心、光心に子がなく光二を養子としたが、あとで実子が生れたので光二は遠慮して退き、別に一家をたてた、これが分家です。ですから光悦は本阿弥家の分家の子で、本家とは別でございます。

なんにいたしましても、本阿弥家の法華信仰は大そうなもので、本光が帰依した日親上人は、わが仏法がさかえる間は、本阿弥家も栄えるであろうといったそうです。この上人は、宗旨を弘《ひろ》めるための忍耐力を養う必要から、己から爪《つめ》を剥《は》いだり、沸り《たぎ》立った湯に手を入れたりして修行し、獄中のときは水火の責はもとより焼けた鍋《なべ》をかぶらされる拷問《ごうもん》に遇《あ》いましたが、法を説く怒号の声はやまなかったと申します。私は、この強引な宗教精神が信仰から知らずに光悦の身体《からだ》に入ったと存じます。

ひとは光悦が、書道、絵、茶道、陶芸、漆芸などの広汎《こうはん》な世界に、いずれも一流の芸域を築いたことに胆《きも》を奪われて驚嘆いたしますが、私は、これは光悦の野心から出たことだと考えております。およそ一芸に長じた者が、その心を他の芸へ伸ばすことは、素人《しろうと》の考えるほどむつかしいものではございません。或《あ》る程度の才能があれば出来ることでございます。ただ普通の者は、己の本領の芸にだけ心魂を打ち込むだけでございます。ところが強気の者は、そのほかの一つか二つかは自分にも出来そうだと考えます。その通り努力いたします。普通の者は、自分の持ち前の芸だけに縮まって、とてもそんな勇気は出ないのですが、自信家は努力します。その心持が一芸家と多芸家の岐《わか》れ道だと存じます。

つまり、一芸の心が多芸に通じるということでございます。これが画家が書をよくし、茶を嗜《たしな》む者が茶碗《ちゃわん》や庭をつくり、彫金の意匠を考えるものが漆絵の工夫もするということになるのでございましょう。一芸の心に徹すれば、才能は変通自在とも申せましょう。

光悦は大そうな自信家でありますから、さきほど申しましたように大名なれば近隣の国々を切り従えたい位の勝ち気な男ですから、とても書道なら書道に満足している性分ではありません。絵だって描けるぞ、茶道だってやれるぞ、茶碗だって作れるぞ、漆絵だって出来るぞ、という心があります。つまり他人のやっている芸は何でもやってみたいのです。みんな征服してみたいのです。それはもう芸熱心というのではなく、野心であります。自分が何もかも一流にならなければ承知出来ない野心でございます。

普通の素人のひとには、それが不思議に思われ、光悦が天才のように考えられますが、私にはあの仁の実体が分るのでございます。一つの芸の才能は、少々ほかにも応用出来るものでございます。少し分ったような顔をした人が讃《ほ》めるには、光悦は子供のような好奇心で次々の芸術に突込んでいったなどと申します。これは光悦の性質を知らない人の評でございます。そんな素直なものではなく、あらゆる芸術家の上に立たねば気の済まない傲慢《ごうまん》な自尊心からでございます。

けれども、すべての芸術に悉く抜群になれるかというと、いくら光悦だってそうはいきません。先《ま》ず、あの仁の一級品はやっぱり本領の書道だけでございましょう。あとの画にしても、茶碗にしても、庭作りにしても、とても書には追っつきません。彫金や漆絵などは実際は職人でなければならぬので、これは別としましても、己が手をかけて出来るこれらの芸術は書からみると、よほど見劣りがいたします。一流どころか二流以下でございます。世間は光悦が何でも出来るという多才に眼を惑わされ、すべてをあの仁の書と同位に価値を考えます。この辺が世間の人の眼がおかしい訳でございます。また、あの仁には外に向ってそう思い込ませようとするはったりがあります。世間の眩惑《げんわく》は二重になります。

私は自分勝手な解釈で申上げているのではございません。光悦の性質を知るには、その交際圏を見れば分ります。烏丸光広《からすまるみつひろ》、近衛三藐院《さんみやくいん》、松花堂昭乗などの公卿衆とも交りがあれば、江戸の将軍家をはじめ、土井大炊頭《おおいのかみ》などの老中衆や板倉所司代という権力者にも近づきがあり、加賀の前田家はじめ諸大名ともよし、灰屋紹益、茶屋四郎次郎、角倉素庵《すみのくらそあん》、尾形松柏などの富商とも親交がございます。このうち茶屋四郎次郎は政商であり、光悦の経済的な後楯《うしろだて》でもあります。こんなに貴族権門富豪の間を游《およ》ぎ廻るあくの強い芸術家は、まず前代未《み》聞《もん》でございましょう。そして常に己を宣伝し、わが率いたる一派を前面に押し出そうとしています。どうでしょう、これは、あらゆる芸術に万能となりたいあの仁の野心と通わないでしょうか。

三

光悦で、私が認めますのは、書だけと申上げましたが、これは大したものでございます。お師匠さんは、青蓮院宮《しょうれんいん》（尊朝）さまということでございますが、あの肥瘦《ひそう》の差のはげしい筆蹟《ひっせき》を見ますと、そこに自ら旋律が奏《かな》でられているようで、何ともゆったりとした、しなやかな強さを感じます。あの仁も、とりわけそれが得意のようで、こんな話があります。あるとき、近衛三藐院から、当世の能書家は誰だときかれたとき、光悦は「先ず……さて次はあなたさま、次は滝本坊（松花堂）です」と答えた。「その先ずというのは誰だ」と三藐院が問いかえしますと、「私でございます」と云ったということでございます。いかにもあの仁が云いそうな話でございます。けれども、世の人は三藐院と松花堂とともに当代の三筆と申しますが、私はやはり光悦が図ぬけて上手と存じます。古筆は何人《なんぴと》のものを学んだか分りませんが、王羲之《おうぎし》や空海や道風《とうふう》などの書風に影響をうけたと存じます。ですが、今はあのような自分の立派な書風を完成して居《お》ります。だが、あの書をみますと、やっぱり光悦の性格が出ております。和歌類は初筆をぐっと太くし、ついですぐ細く書き流しております。いかにも自信ありげに、恐れげの無い書き方でございます。

光悦の書は天下に認められておりました。これはどなたもご存知のことですが、寛政二年でしたか、甥《おい》の光室が江戸で亡《な》くなったとき、光悦は下向いたしました。そのとき、思いがけぬことだったので将軍家への土産を持参していなかった。土井大炊頭のところに先年書いて進上した色紙があったので、それを一時借りて献上いたしました。つまり光悦の色紙は将軍家への献上品になるほどでありました。それくらい名筆として有名でありました。

ついでながら、そのときの様子を申しますと、将軍家は光悦に会うと、お前は年とって座敷でもよろよろして居るだろうと思ったが達者で江戸に下るほどの元気があって目出度《めでた》い、いよいよ養生して長命せよ、とお言葉があり、翌日お暇《いとま》を下されて時服や銀子を賜った。大炊頭が光悦に、一昨日《おととい》着いて昨日お目見え、今日お暇を下されるようなな例はないことだから有難く思え、と申しました。これは大炊頭が云う通りで、どのような大名でもそのような例がない。お目通りを願い出てから二、三日は待たねばならぬ、また、お暇を賜るときも時日を要しました。将軍家（家光）が光悦に、座敷でよろよろしていると思ったと申されたのは、以前に光悦が中風にかかったことがあり、そのことを云われたので、当時も権現様から烏犀角《うさいかく》を賜ったほどでございます。

光悦がこのように江戸将軍家から殊遇をうけたのは、ただ親の因縁からだけではございません。あの仁が天下一の芸道家であると思われているためでございます。

さきほどから、くどくど申します通り、私はあの仁については、書道以外には認めて居りません。早い話が、絵にしても、その師匠といわれる海北友松《かいほうゆうしょう》には及びませんし、茶道や茶碗にしても師匠の古田織部《ふるたおりべ》には叶《かな》いません。師匠を抜いているのは、ただ書だけでございます。それを、何もかも一流に秀《ひい》でているように思わせるのは、あの仁の巧妙なはったりと強引さでございます。

しかし、強引さやはったりだけではない、それだけでは、そういつまでも世間をごまかすことは出来ない、ということを今度は申し上げようと存じます。やっぱり、何かがなくてはなりません。

さきほど、一芸に長じれば、その心持は諸芸に通じると申しましたが、その感性がさすがに光悦は鋭うございます。そして己の感性を確かに具現させる腕が光悦にはあるのでございます。つまり、己が指図して、誰彼の芸を己の思うままのものに仕立てる、そういう腕は大したものでございます。その感覚と手練は、認めないわけには参りません。つまり、あの仁は書道以外は、諸芸術家の采配者《さいはい》であります。決してあの仁自身が秀でたる実技者ではないのでございます。それを世間は混同して、いかにも万事秀でたる芸術家のように思うのでございます。また、そう思いこませるように装《よそお》っております。そこに光悦の企《たくら》んだ振舞があるのでございます。

ところで、始末の悪いことには、あの仁に感覚があるだけに、われわれは、つい、その采配に従ってしまいます。いや、これは云い方が弱うございます。もっと強い支配をうけとります。私などは、あの仁に圧迫さえ覚えるのでございます。私は親の代から刀剣の鐔《つば》、鞘《さや》飾りなどの鋳金に従って居りますが、光悦の大きい眼で透すように仕上げを視《み》られるときは威圧さえ覚えます。これは漆塗り師にしても、象嵌《ぞうがん》師にしても私と同様なことを云って居ります。

こう申しますと、それはお前たちは一部分の工程に携わる職匠だから当り前だと云われるかもしれません。けれども、われわれは自分の技芸には自負をもっております。ほかから指図されても、普通の人間では動くものじゃございません。己の技芸に思い上りがありますから、向うの云うことを小莫迦《こばか》にいたします。そして自分を出したがるものでございます。ところが、あの仁にかかっては、全く自分が惨《みじ》めに萎縮《いしゅく》してしまって、云うがままになるから妙でございます。己は完全に喪失し、自分が光悦の手の指の一本に化けてしまうのでございます。

大きな坊主《ぼうず》頭、ぎょろりとしている眼、肥えた鼻、厚い唇、歯だけは抜けているが、脂《あぶら》のういた皮膚、そうしたあの仁の精力的な赭《あか》い顔を見ますと、いやらしさを感じながらも、重い石でも据わっているように手向いの出来ないものを覚えます。いや、それはわれわれだけではございません。あの俵屋宗達《たわらやそうたつ》だって同じでございます。

四

宗達はこの鷹ヶ峯には住まって居りません。あれは京の唐織物屋で分限者《ぶげんしゃ》ですから、洛中に大きな家をもって居ります。けれども、精神的には全くここの住人と同じでございます。何故《なぜ》なら、あれも光悦の手の中に握られた男でございますから。

宗達が誰に絵を習ったか、詳しいことは分りません。あの男は、口が重いから滅多に自分のことを話したことがありません。けれども、私が思いますに、これという師匠は無かったのじゃないかと思います。それは絵の手ほどきくらいは誰かに受けたに違いありませんが、名のある師匠ではなかったと存じます。その方が、結局、幸いして、師匠の癖をうけない自分の絵になったのだと思います。お気づきになりませんか。宗達の絵の描線にどこやら素人臭い頼りなげなところがあるのを。

はじめに習っていたのは、唐画《からえ》でございましょう。今でも水墨画をかくのはそのせいです。そのまま進んでゆけば、永徳《えいとく》や山雪《さんせつ》がかくいまの狩野《かのう》派のような絵になったと思います。それを途中から土佐派に惹《ひ》かれたらしいのは、光悦の指図だと思います。

土佐派は、と、わざわざお断わりするまでもなく、唐絵に対して大和絵の伝統を守ってきたが、狩野派の盛大にくらべて、いや、それに圧倒されて振っていません。それは土佐派が昔ながらの技法にかかずらって、相変らず狭い緻密《ちみつ》な絵をかき続けてきたからでございます。信長、秀吉といった、室町の貴族とはおよそ反対の、気宇の大きい武家権力階級に狩野派の壮大さは迎えられても、巻物に縮こまった土佐派がうけ入れられる筈《はず》がございません。けれども、土佐派の、王朝風な色の鮮かな装飾性は、光悦の好みにぴったりと合いました。

光悦は、その歌道の素養から、平安朝に憧《あこが》れている男です。あの仁が、色紙に好んでかくのは、古今集や新古今の和歌ばかりでございます。書だって定家に似ているではありませんか。土佐派は、室町以来、御所絵所預として王朝風の優雅な美しい絵を描きつづけてきたのでございます。

されば、いかにも光悦が好みそうな絵でございます。典雅な装飾性が何とも申されません。元来、光悦という人は、ひどく装飾性が好みに合う人でございます。ですから、あの仁の芸術の本質は、意匠だと私は考えております。意匠以外には何にもありません。やれ光悦の書がどうの、絵がどうの、茶碗がどうの、蒔絵《まきえ》がどうのといったところで、みんな意匠です。少し酷に申しますと、まあ飾り芸術でございましょうな。それは本職の刀剣拵《こしら》えから出たことで争えぬことでございます。

ですから光悦が宗達を知ると、——さあ、いつから知り合いになったか分りませんが、宗達は光悦の従妹《いとこ》の夫《つま》ですから、そんな縁組みがあって後のことでございましょう。どっちにしても、光悦は宗達を知ると、彼は土佐派の描法をすすめたに違いありません。すすめたというのは普通の云《い》い方で、あの仁一流の指図をしたのだと思います。

それも、土佐派そのままというのではない。狩野派のように、襖絵《ふすまえ》や屏風絵《びょうぶえ》のように大きなものをというわけです。土佐派のやりかたでは、いかにも小さいのです。幸い、宗達は唐絵をやっておりますから、大きなものを描くのには慣れております。けれども、唐絵の描法で土佐絵の色を容《い》れることは永徳がすでにやって居ります。色彩は華美になったが、優雅というわけには参りません。やっぱり硬い。そこで宗達は、土佐を主にして狩野を容れる試みをしました。土佐の色に狩野の線を調和させることです。つまり、線を使うときには、焦墨《しょうぼく》の硬いものを捨てて、淡墨の柔らかい曲線にし、線も色彩も同価に置く。出来れば没骨《もっこつ》法でいって、堅い線も生硬な色彩も避ける。それで全体の調子をぐっと柔らげる。そうして優雅な落着いた感じを出すのでございます。

光悦の心がけは、万事意匠でございますから、そうした新しい絵を宗達に描かせただけでは気が済みません。構図を出来るだけ装飾風にとらせました。色彩も濃い色で画面をずぼりと塗りました。淡い色が全くありません。色の墨暈《ぼかし》だって狩野派と違って、宗達のは繧繝《うんげん》塗りでございます。

こう申すとお気づきかも知れませんが、ほら、あの評判の「舞楽図屏風」でございます。あれ一つ例にとったってそうじゃございませんか。

金地を庭前になぞらえ、輪舞する崑崙《こんろん》八仙、輪形の蛇を手にする還城楽、竜頭の面をつけた蘭陵王《らんりようおう》、立姿と後姿の納曾利《なそり》、鳩杖《はとづえ》を手にした翁《おきな》、これらが意匠的な配置でおかれています。一双の屏風のもつ一番遠い距離は左上の角と右下の角の対でございますが、これには桜と松の一部と、反対側に楽器と幕舎《まくや》の一部を覗《のぞ》かせて、画面に限りない広さを思わせています。人物の配置は、水の流れるような曲線の上におかれてございます。

樹《き》を緑青《ろくしよう》の下地に、細かく葉描きをしたところは土佐絵そっくりの描き方ですが、幹は墨に白線のたらし込みをしています。たらし込みも土佐のやり方ですが、宗達は唐絵の墨画をやってきただけにそれとも異《ちが》う別な味を出しております。ほかの絵には墨に金粉をまぜて書いたりしている。どこまでも装飾が主でございます。こんな風に墨暈の調子を出しますと、細かい描写はさほど入用ではなくなります。宗達の描き方が簡略なというのは、こういうところからもきておりますが、簡略な描法というのは、模様に必要な条件でございます。模様、つまり、意匠でございます。

そういえば、宗達は、大てい、太い、ずぼりとした線で括《く》っております。稍々《やや》細い線でも、初筆に筆勢を見せるということがない。初めから、すうと引いております。これも模様絵には、都合のいい線でございます。太い線は豪快でごまかせますが、私の眼からみますと、この細い線は、少々頼りなげでございますな。びりびりしてぎごちのうございます。私が、さきほど宗達に素人《しろうと》臭いところがあると申したのは、こんなところでございます。

五

したが、色の配り方は、さすがに巧みでございます。また「舞楽図屛風」を引き合いに出すようですが、左の四人の衣裳《いしょう》は青色、次の二人は赤色、その次は青色、その次の翁《おきな》は白色という風に、寒い色と暖い色とを交互におきかえて、見た眼に、色の移り変りの綺麗《きれい》さを狙《ねら》っております。あの八曲一双の扇面散らし屛風の中の合戦図だってそうでございます。着物が緑ならば、下着の赤をちらりと塗り、人馬がならべば、一方は白馬に紺糸の鎧《よろい》、別な方は黒馬に緋縅《ひおどし》といったようにしております。すべて、色の変化、変化と考えております。これが意匠だと私は云いたいのでございます。

それが、一番露骨に現われているのは、扇面散らし屏風でございます。これは全く光悦の思う壺《つぼ》になっている意匠絵でございます。四十八もの扇が、重なったり、離れたりして散っているのですが、それが、もう模様です。画題は保元平治物語からとっていますが、合戦の場面ばかりではない。間には草花の絵があったり、伊勢物語を挿《はさ》んだり、西行法師の話があったりしている。純粋な絵には程遠いものです。扇面では、六曲一双の扇面流しもその通りでございます。浪《なみ》を描いた地に、扇と色紙が散らばっております。色紙の中には土佐風の密画をかき、扇面には花鳥を描き入れている。中には歌をかいたのもあります。絵ではなく、模様図案でございますな。まあ、われわれが鐔や蒔絵を細工しているのと、意匠ということではちっとも変りはありません。それはそうでしょう。いずれもみんな光悦の意匠でございますから。宗達の絵は、光悦の工芸なのでございます。

それから宗達に、五十四帖《じょう》の場面を悉《ことごと》くかいた「源氏物語屏風」とか、「関屋澪《みお》標《つくし》図屏風」とか、「浮舟図屏風」とか平安期の物語に取材した画題が多いのですが、何度も云う通り、これは光悦の王朝趣味です。宗達は光悦の思いのままに使われたのでございます。

こう考えてみますと、宗達はまるで光悦の呪縛《じゆばく》にかかったようなものでございます。宗達ほどの者が、と仰言《おつしや》るかもしれませんが、有りようはそうでございます。画題からして、宗達の独創でないことは、光悦がいろいろ室町期の古い絵から取って与えていることでも分ります。ですから、宗達の描いたものには、古い画のあの部分、この部分が入っております。誰もまだこのことには気がつきませんが。

可哀想《かわいそう》に、宗達も、また、われわれと同じように、光悦の一本の指でございます。彼も光悦をいやらしい男と思いながら、その強引な圧迫から解放されることが出来なかったのだと存じます。

光悦は、宗達に下絵を描かせて、その上に書を書き流しています。絵は桜や、藤《ふじ》や、秋草や、千鳥といった四季の花鳥の類《たぐい》ですが、さすがに見事な絵でございます。光悦は、その上に、まるで白紙の反古《ほご》にでも書くように無造作に書き流して居《お》ります。宗達の絵など、まるで眼中にないような、無遠慮な書き方でございます。よほど自信がないと、ああは書けません。宗達を自分の下職か何かと心得ているような傍若無人な筆の下ろし方でございます。私は、光悦が宗達の下絵を手にして、厚い唇に薄ら笑いを上せ、あぐらでもかいていそうな気がいたします。

そういう光悦に、宗達は「あの爺《じじい》め」と唇を嚙《か》んで反撥《はんぱつ》しているように私には思われます。いや、これは宗達から聞いたわけではございません。あの口の重い、おとなしい宗達が、そんなことを云う気遣いはありませんが、私の想像でございます。そして私と同様、光悦の巨《おお》きな重量に、反撥は己だけの小さな呟《つぶや》きとなり、相変らず身動き出来ないのではないかと存じます。

そうそう、それについては、こんなことがございました。

丁度、私が拵え上げた鐔をもって光悦の屋敷に行きますと、折から宗達も来合せておりました。描き上げた絵を十枚ばかり座敷にひろげ、光悦は硯《すずり》を横において、一枚一枚、それに筆を走らせておりました。走らせているといっていいほど無頓着《むとんちゃく》な書き方でございます。われわれが親類に消息を認《したた》めるよりも、もっと平気な無造作でございます。宗達は、傍に畏《かしこま》ってそれを眺めて居ります。私は、宗達が丹誠して描いた絵を、あんな風に光悦に無頓着に、筆を下ろされては、さぞ堪《たま》るまいと、ひそかに宗達の顔を窺《うかが》ったくらいでございます。そのうち、光悦は一枚を書いて横に除き、次の一枚をとって筆をつけようとしていましたが、ふとその手をとめ、絵をあの大きな眼でじっと見ていましたが、何と思ったか、宗達の方を向いて、「これは、いけないね」と云ったかと思うと、ぽいとそれをはじくように宗達に戻しました。私は、はっとしました。宗達の顔を見ますと、さすがに宗達の表情も硬くなっていました。けれども、彼は何も云わずにちょっと低く頭を下げると羞《はず》かしそうにその絵を自分のわきに置きました。一体、光悦という男は何という男だろう、宗達ほどの絵描きに対して思い上りも程がある、と半分は呆《あき》れ、半分は憤《いきどお》りを覚えました。ところが、次には、それよりももっとひどいことが起りました。光悦が全部を書き終って、改めて字を見直しておりましたが、二枚だけとりあげると、いきなりそれを破ったではございませんか。私は思わず、口の中で、あっといったくらいでございます。

宗達はとみると、これも顔色を蒼《あお》くしておりました。すると、光悦は、その宗達をみて、にやりと笑い、「今日は出来が悪い」と呟きました。宗達の気持などてんで考えていない平気な顔つきでございます。

そりゃ手前の字が不出来で破るのは勝手かも知れませんが、白紙ではございません。宗達が苦心して描き上げた絵でございます。それを稽古《けいこ》紙か何かのように、いきなり裂くとはどのような根性をもっているのでしょう。一言、宗達に詫《わ》びるならまだしも、本人の目の前で反古のように破り捨てるとは、もはや、おどろいたの呆れたのというのではなく、とんと声が出ません。ところがこれほどの侮辱に会っても宗達はそれに一言も苦情をいわないのです。相変らず気弱げに眼を伏せているではございませんか。

私は、もう見るのが気の毒になって、用事にかこつけてその場を逃げ出しました。

外に出ますと、私は一層腹が立ってきました。光悦のやりかたの傲慢《ごうまん》さにわれながら気持の遣《や》り場が無いくらいでした。けれども、私は草の上に坐《すわ》っているうちに、次第に心持がおさまってきました。おさまってきたというよりも、宗達のあのときの気持が分ってきたといったがいいでしょう。私はよく判《わか》ります。それは私が今まで光悦から何度となく味わわされた気持です。どうしても抵抗出来ない悲しいあの気持です。この鷹ヶ峯の住人が例外なく散々味わわされている気持です。光悦の前に出ると、われわれは小石のようになって了《しま》うのです。気の毒に、宗達も、真黒い心になってとぼとぼと山を下って京に帰ったに違いありません。光悦の指にわれわれは全く縛られて居るのでございます。

六

光悦の指は、まだまだございます。角倉素庵は光悦の書道の弟子でございますが、この豪商が朝鮮渡りの印刷道具で出板を思い立つと、色変りの紙に、いろいろな下絵を雲母《きらず》刷りにさせております。これも光悦一流の意匠でございます。謡本《うたいぼん》百番の用紙などは、色染めの雁皮紙《がんぴし》に、鹿《しか》、蝶《ちょう》、月、蔦《つた》、槇《まき》などの具引《ぐび》き雲母模様にさせております。下絵は光悦という者が居りますが、宗達が描いたと思います。この題字は、光悦が自分で書いたのもございます。

それから茶碗《ちゃわん》でございますが、世間には随分ほめる人があります。ひいきは勝手ですが、光悦をえらく思うあまり、賞《ほ》め方も少々、度が過ぎた云い方をする人もあります。

なに、あれは大したものではなく、織部には遥《はる》かに及びません。これは余人にやらせるのでなく、じかに自分がするのですから、出来不出来がすぐ分ります。本人は、松花堂よりうまいと自慢していますが、あれは素人芸でございます。楽焼に赤焼が多いのは、この方が黒より素人にらくだからで、なかには割れ目があったり、窯破《かま》れがあったりしている。「障子」と名づけた茶碗は、窯破れのために、陽が透いてくるところから由来したようで、勿体《もったい》をつけたものでございます。「不二」は黒楽ですが、上に白釉《はくゆう》をつけています。この白黒というのは光悦意匠でございますな。

それにくらべて、蒔絵の方は、光悦が指図するだけで、実際の制作はわれわれ職人がやるのですから、光悦の芸術の特徴が一番よく出て参ります。これは意匠そのものですからあの仁の得意とするところです。評判の「舟橋硯箱」は、光悦屋敷の隣にいる土田宗沢がこしらえたものですが、蓋《ふた》の弓なりの形、金蒔絵の舟と橋、鉛の幅広い橋、東路のさのの、という古歌の銀文字の散らし。これくらい光悦の意匠が露骨に出ているものはございますまい。「左義長《さぎちょう》硯箱」や「忍草硯箱」などいろいろございますが、みんな蒔絵の描き方や方法が異います。これは当り前で、職人がそれぞれ異うからで、光悦自身が手を下したのは一つもございません。ただ己の意匠で申しつけるだけでございます。

まあ、あの仁のいいところも悪いところも、蒔絵に縮まっているとみてよろしいと存じます。

結局、私は光悦については、書以外には認めないのでございます。世間で評判している万ず秀でたる正体はこんなところでございましょう。私は、一つの芸の心は多芸に通じると申しましたが、あの仁のその心とは意匠だということがお分りになったと存じます。書も、絵も、茶碗も、蒔絵も、みんな意匠でございます。

われわれは、光悦の不思議な采配《さいはい》に動かされております。光悦という天才的な名前だけが世間に輝き、われわれは永久にその下積みになっております。光悦の世間への身振りというものは、なかなかうまい。茶屋四郎次郎、角倉素庵などという豪商を己にひきつけていることは、どんなにあの仁の得になっているか分りません。当節は、次第に金のある町人の世の中に移っていますからな。士《さむらい》衆は、せいぜい位を足場に踏み堪《こた》えていますが、実力のある町人にはこれから圧《お》されてゆきます。江戸の幕府が光悦を見下さないのは、光悦にこんな世間的な位置があるからだと思います。それから堂上方との交際を抜け目なくしているということも、あの仁を何となく偉くみせております。その辺、自分の売り方はなかなか心得たものでございます。

まあ、われわれは光悦という名前のかげに埋もれている職人でございます。宗達ほどの者さえ、光悦という輝きのために、光がうすうございます。その点は、紙漉《かみす》きの宗二や筆つくりの妙喜などとあまり違っていないといえましょう。光悦は、われわれの矢を刎《は》ねかえす石のような重さを身につけております。

けれども、光悦だって己の世間への身振りを、時々、寂しく思うことがあるに違いありません。世間の評判と、己の中身との開き、その隙《すき》を寒い風が吹き抜けてくるのを感じていることでしょう。そう思うと、あの大きな坊主《ぼうず》頭と光っている眼と肥えた鼻と厚い唇とが、一瞬にちぢんで、ただの中風病みの老人に萎《な》えて見えてくるから奇妙でございます。

一度、そんな光悦を見かけたことがございます。私が仕上げた鐔《つば》の細工を持って行きますと、あの仁は掌《てのひら》の上にそれをうけて、ぼんやり視《み》て居りました。私は、また何か小言を食うのではないかと、おそるおそる顔色をのぞきますと、光悦は何か考えごとでもするように、長いこと眺めていました。いつものきびしい目ではなく、虚《うつ》ろな、そしてどこか感嘆の色さえ出ている目でございました。それから、ふと自分にかえったように私を見ると淋《さび》しそうな笑いを泛《うか》べて、「茶でも呑《の》もう」と誘いました。私は、はっきりその瞬間、光悦の敗北を感じとりました。ただ、これは後にも先にも、一度きりでございましたが。

まあ、そんなことを時には考えて、私は自分の気を晴らしております。

写楽

一

寛政七年正月の半ば、午下《ひる》りであった。

寒い日である。東洲斎写楽《とうしゆうさいしやらく》は、鼻の頭を赤くしながら、八丁堀の自宅を出て弾正橋を北に渡った。掘割の水が凍えそうな色をし、霰《あられ》が落ちていた。

掘割に沿って真直《まつす》ぐすすむと、南伝馬町《みなみてんまちよう》になる。それを東に曲るところで写楽は、ちょっと足が怯《ひる》んだ。角は辻番《つじばん》である。その隣が絵草紙屋であった。大錦絵《にしきえ》、大判、間《あい》判、長判、小判などが、一枚もの、二枚続き、三枚続きにわけて雑然と店さきにならべられてあった。店の奥は暗くて往来からは覗《のぞ》けない。が、それを後に背負って、前屈《まえかが》みの親爺《おやじ》がいつも銀煙管《ぎせる》を咬《くわ》えて端然と坐《すわ》っていた。

いや、端然というのは写楽の見た形容だが、親爺は火鉢を抱えてあぐらをくんでいるのかもしれない。ただ、彼はいつも眼を店先に向けて、ついぞ顔を横に向けていたのを見たことがない。それは絵草紙を択《よ》っている女客の手もとを監視しているときでも、客がなくてぼんやり往来を眺めているときでも、親爺は表を通る写楽を視界に捕えるために意地悪く構えているように思われた。

いま見ると、店先には幸いに客が立っていた。三人は町家《ちょうか》の若い娘で、互いに喋《しゃべ》りながら中腰で品選びしていた。少し離れて屋敷の宿下りらしい女中が、ひとりで草紙に見入っている。写楽は、やや勇気を得て、こっそりとその前を通りかかった。

が、やはり親爺は写楽の姿をのがさずに、小暗い店の奥からお辞儀をした。これがいけないのである。写楽は眼の端にそれが入ると、矢張り軽く頭を下げてしまった。

それから、いつものことだが、あわてるように足を早めて通り過ぎた。写楽は、仕事に倦《う》むと八丁堀から畳町二丁目の碁会所に行く。近所にも一軒あるのに、わざわざそんな遠いところに行くのは、自分の職業をそこでは知られていなかったからである。

ところが、その通る道順にその絵草紙屋があった。奥に坐っている親爺は、商売柄、写楽を絵師と察しているらしい。いや、写楽本人と知った様子である。往来を通る彼をみつけると、彼がどんなに知らぬ顔をしていても、銀煙管を口からはなして、丁寧にお辞儀をするのであった。

写楽はその度に、羞恥《しゅうち》と卑屈に身体《からだ》が熱くなった。何とも嫌な気持であった。礼を送ってくる親爺の眼に、嘲《あざけ》りと軽蔑《けいべつ》の色を感じずにはおられない。

「あれが写楽という、妙な、売れない役者絵を描く奴《やつ》さ」

親爺の冷たいお辞儀はそんなことを云《い》っていそうである。お辞儀をするのは、彼らの仲間が蔑称している先生への義理なのである。

もし、それが絵草紙屋の親爺でなく、板元や、口煩《うる》さい好事家《こうずか》の悪意な眼だったら、写楽は昂然《こうぜん》と頭を上げたに違いない。いつもの皮肉と辛辣《しんらつ》な舌で対抗したであろう。が、絵草紙屋では彼の正当な理念は役に立たなかった。何も親爺が絵のことを解せぬからではない。銀煙管を咬えているこの老人が、直接に客に絵を売っている現実の圧迫感であった。つまり、写楽が日ごろ軽蔑しているひろい諸人に、この親爺がじかに結んでいる重圧なのである。

「お前さんの絵は、おれの店では、ちっとも人気が無いよ」

それは作家の自信とは別な問題である。売れないということは作家の自尊心を傷つけない。別な現実の問題だから、写楽は屈辱と羞恥を感じるのであった。

写楽は、その絵草紙屋の前を通る時は、いつも足駄の音を忍ばせるようにして通った。それなら、そんな嫌な気持になるところを通らねばよさそうなものである。廻り道をして畳町に行けないことはないのだ。実際、写楽はその思いを厭《いと》うために、道を変えて松幡橋《まつはたばし》や越中橋を渡ったこともあった。しかし、その道順には絵草紙屋が一軒も無かった。絵草紙屋を見ないということは、やはりもの足りないような寂しさがあった。彼の足もとはもとの道順に戻り、前屈みの姿勢で端然と坐っている親爺の店先を憚《はばか》るように通った。

何故《なぜ》、絵草紙屋の前を通らねば寂しいのであろう。写楽は、さり気ない顔をして素通りしているようだが、実は眼が敏《さと》く店先にならんでいる大錦絵や間判に走っているのであった。春章《しゅんしょう》がある、春英《しゅんえい》がある。豊春《とよはる》がある。重政《しげまさ》がある、清長《きよなが》がある、それから今、流行《はやり》っ子の哥麿《うたまろ》があった。北斎、豊広《とよひろ》、豊国《とよくに》という彼より若いのもあった。色彩を雑然とぶち撒《ま》けたような店先からでも、写楽の一瞥《いちべつ》は、それぞれの絵を鋭く眼に収めているのである。

ならべてある絵の分布に興味があった。春章、清長といったところは依然として広い場所をもっていたが、この頃は哥麿がぐんぐん場所を拡《ひろ》げつつあった。通る毎《ごと》に彼の絵が多くなっている。それも大錦絵二枚続き、三枚続きといったものが目立つようになった。客が選《よ》っている絵も、大かたは哥麿であった。写楽は、それを眼の端に見るたびに、焦躁《しょうそう》と昂奮を感じた。あんなものが迎えられるのか、と軽蔑する傍ら、何ともいえぬ焦《あせ》りが出てくるのだ。彼自身の絵は、隅の方に貧弱に縮んでいた。燻《くす》んだ単調な色彩であった。美しいどころか、醜い顔であった。そのために周囲の華麗さから目立っているといえばいえそうである。なるほど、あれでは売れそうもないな、と思った。

彼が絵草紙屋の前を通るのは、そういう競争心に似た焦躁と自虐《じぎゃく》を味わうためのようだった。仕事に倦《あ》いたとき、そのひそかな昂奮を求めに通るようなものであった。或《あ》るいは碁会所に行くよりも、途中のその方が実際の外出の理由かも知れなかった。

二

「やあ、見えましたな」

碁会所では、十徳を着た老人が盤の前に写楽を迎えて顔中を皺《しわ》にして笑った。

「早いものですな。この間、松がとれたと思ったら、今日はもうお閻魔《えんま》さまです。わたくしは、いま、茅場町《かやばちょう》の薬師堂におまいりしてきました」

老人は、碁笥《ごけ》をあけながらおだやかに話しかけた。いい身分の隠居らしく上品で鷹《おう》揚《よう》なところがあった。写楽は、いつもこの老人が相手であった。ほかの客はどういうものか写楽を避けた。打っていて気詰りを感じるらしい。無論、写楽が誰だか知った者は無いが、彼の取りつきにくい表情と、容《かたち》を崩さぬ姿勢に閉口して敬遠するようだった。写楽は己の性分は仕方がないとうに諦《あきら》めていた。容が崩れないのは、阿波《あわ》藩の能役者斎藤十郎兵衛《さいとうじゆうろべえ》の習慣であった。

「今日は冷えます。明日から観音参りですが、陽気が暖くなるとよろしいですな」

老人は石を置いて云った。

写楽はそれに応《こた》えた。少しずつ平和が彼に戻ってきた。絵草紙屋の前よりつづいてきた感情も、霰の降る外から、火桶《ひおけ》のあるこの部屋に入って触れた温い空気のように次第に和んできた。盤の石が多くなるに従って老人は寡黙《かもく》になった。写楽も、いつかその世界にひきこまれていった。

どこかで話し声がしていた。それはさっきからしているのだが、小煩さくはあるけれど、耳もとでする虻《あぶ》の翅音《はおと》のように気にとめなかった。

そのうち、鰕蔵《えびぞう》とか、勘弥《かんや》とか、八百蔵《やおぞう》とかいう名が聞えてきたので、写楽は相手が考えている間に、ちょっとその方を振り向いた。碁に飽いたとみえ、三人の男が向うの隅に集って話していた。髷《まげ》を豆本多《まめほんだ》に結った男は両膝《りようひざ》を立てて手で抱えている。

巻鬢《まきびん》の男はあぐらを掻《か》いている。五分下げの男は寝そべって片肘《かたひじ》を畳に突いている。写楽はそれをちらりと見ただけで眼をまた盤の上に戻した。去年の暮に桐座《きり》が「男山御江戸磐石《やまおえどのいしずえ》」を演《だ》した。彼らはその評判をしているに違いなかった。

写楽はしばらく石のほうに気を奪われていた。すると、春好《しゅんこう》が、清長が、哥麿が、豊国が、という語が聞えた。芝居の噂《うわさ》は、いつの間にか芝居絵の話になったらしい。彼の気持はその声に移った。

「春好は、もう古臭いですな。ありゃもういけません」

一人の声がいった。

「へえ、古臭いですかな。あたしゃ、芝居絵らしい絵だと思いますが」

別な一人が柔らかく異を称《とな》えた。

「そりゃあ芝居絵らしいかもしれませんが」

と前の声がつづいた。

「そいじゃ、在来の鳥居派と全く同じじゃありませんか。ご覧《ろう》じろ、春好の絵のどこに勝川派らしい鋭い描き方がありますかね。ありふれた鳥居派の役者絵と区別がつきません。少し眼の高いものには、あの古い泥臭さは気に入りませんよ」

声の主はいかにも自分の眼が高いかのようにいった。

「そこへゆくと清長なんざ大した者です」

相手が沈黙したので、その声は高くなった。

「同じ鳥居派でも清長には工夫がありますよ。勝川派が細絵《ほそえ》ばかり描いているのに、清長は大判に役者を描いていますからね。これは趣向です。何といっても役者の顔は大判でないと味がありませんよ。それにあの顔の艶《つや》っぽさはどうです。たまりませんな。女子供に人気が出るのも道理ですよ。春好なんぞのように角ばった形ばかりの顔と趣が違います」

写楽は、そっとわき見をした。声の主はあぐらをかいた気障《きざ》な巻鬢の男である。が、もの識《し》りぶっているだけに云うことは一応節が通っていた。実は写楽も内心では清長に惹《ひ》かれていたから、そこまでは耳に不快でなく聴くことが出来た。

老人が手を待っているのに気づき、写楽は少しあわてて指に石をつまみながら考えはじめた。しかし一度離れた心は容易に盤に戻ってこない。彼は苦労して二、三目を置いた。そうすると耳に入る声を気にしながらも、どうにか心がひき込まれてきた。

彼はそれから五、六目を置いた。

すると突然、写楽という語が耳にとび込んできた。彼の神経は、びくりとなった。

「去年あたりから出た写楽というのは、どうですな?」

一人が訊《き》いている。高い声は、えたりとばかりそれにとびついた。

「写楽ですか」

こういって先《ま》ず鼻にかかった笑い声をたてた。

「あれは一体、役者絵を描いているつもりですかな。大首絵《おおくび》を主に描いているようですが、あれは春好の真似《まね》です。真似といえば、ほら、例の雲母摺《きらず》りでさ、本人は得意がっているつもりでしょうが、何も写楽の手柄じゃありません。哥麿が二年も前にやっていることですよ。あの男の趣向はそんな真似ばかりです」

盤を見詰めている写楽の耳に、巻鬢の声が容赦なく響いてきた。

「まあ、それもいいでしょう。才の無い者には他人《ひと》の真似も仕方がありません。我慢出来ないのはあの顔ですよ。あたしゃあの男のかいた役者の顔を見ると気持が悪くて寝込みたくなりますよ、とんと猿か狐《きつね》の顔ですな」

巻鬢は、恰《あたか》も写楽がそこに居るかのように毒づいてきた。

「なるほど役者の顔の癖を似せるのは結構です。その点は認めてやってもいいです」

彼は己の見識を誇るように一応そういった。

「ですが、わざわざ醜悪に似せることはありませんよ。絵はやっぱり美しくなくてはいけません。それが絵です。ことに役者絵ですからな。悪く似せたらいいというもんじゃありませんや。あの男は絵の料簡《りようけん》をとり違えています。はじめから分らないのかも知れませんな」

写楽は辛抱して石を置いた。どこに打ったか分らなかった。老人が愕《おどろ》いて、どのような奇手かと考えに耽《ふけ》った。

「あの男の描いた鰕蔵の顔は、まるい眼をして、ぴくりと上った眉《まゆ》に皺をよせ、口の端をまげて猿公《えて》そっくりです。それも餌《えさ》を待っている奴でさ。瀬川富三郎は狐つきのような顔になっているし、佐野川市松のは笄《こうがい》、帽子の大鬘《おおかずら》を被《かぶ》った花魁《おいらん》の化物です。あれじゃ絵草紙屋に来た女の客が三日も瘧《おこり》を起して熱を出したというのは道理でさあね」

岩井半四郎はお酉《とり》さまの笹《ささ》にぶら下ったお多福の面です。

「なんですか、役者衆の方から板元の方へ捻《ね》じ込みがあるそうじゃありませんか」

これは寝そべって聞いている五分下げの男の声である。

「そりゃ当り前ですよ。あんなものを出されちゃ人気に障《さわ》りますからな。いくら流行《はや》らない摺版絵だってあれじゃ黙って居《お》られますまい。しかし文句を捻じ込むよりも先に写楽が絵を止《や》めるかもしれませんね」

「へえ、どうしてだね？」

「蔦重《つたじゆう》がひとりで肩を入れたところで売れなければ算盤《そろばん》が合いませんやね」

「写楽は能役者だそうだね。そうすると、また能役者に逆戻りということになりますかな」

「まあ、いまにそういうことになりましょうね。第一、能役者に絵が——」

写楽はそれ以上、巻鬢の甲高い毒舌を聞くことは無かった。女房が、客が来たからと彼を迎えにきたからである。写楽は相手の十徳の老人に詫《わ》びを云い、三人の男の方を見ないようにして畳から土間に下りた。

三

客は、板元相模屋喜兵衛と名乗った。額の出た鼻の大きい男である。無論、写楽は初対面であったが、その名前は聞かないことはなかった。新しい小さな店で、開板の数もそう多くはなかった。それも俗受けを狙《ねら》った美人絵の一文絵だけである。要するに三流くらいの板元であった。

「これは先生ですか。お留守中に上りまして失礼いたしました」

相模屋は写楽を見ると畳一枚すざって頭を摺りつけた。畳の目は破れて、ささらが立っている。

写楽はそれを見て初めから不快であった。不快は碁会所から持ち帰ったものばかりではない。この男が何となく気に入らぬのである。生来が客の好きでない彼は、不機嫌を露骨に出した表情で坐《すわ》った。

ところで客は一向に写楽のむつかしい顔におどろかなかった。

「今日は滅法冷えますでございますな。これからはいやなものが降ってくる日が多うございます」

彼は丁寧な敬語を使い、滑らかな調子で世間話をはじめた。明後日は浅草寺《せんそうじ》法華三昧《ほっけざんまい》法会《ほうえ》でお参りの人出が多いであろう。しかし当節はお上の御倹約令がいよいよ厳しいから人出の割にお賽銭《さいせん》はそう落ちないと思う。浅草といえば、吉原《よしわら》では去年の節季、花魁衆が出入りの若い者に祝儀《しゅうぎ》として出した衣服はひどく粗末だったそうな、などと次から次へとめどもなく喋《しゃべ》り出した。

写楽はそれを我慢して聞いていた。一体、この男は何のために来たのであろう。用件に一向に触れようとはしなかった。しかし、それはうすうす分っていた。板元が絵師のところに来る、他の用事は想像出来なかった。写楽はこの男の饒舌《じょうぜつ》に、巻鬢の毒舌と同じように辛抱せねばならぬことに少々憤《いきどお》りが湧《わ》いてきた。

すると相模屋はてかてかした顔をつるりと撫《な》で、

「時に先生はお忙しゅうございますか？」

と突然きいた。忙しいか忙しくないか、商売柄この男が一番よく知っているであろう。写楽は更に不愉快になって、

「いや、われわれの方は一向に暇だよ」

といった。相模屋はそれをきくとひょいと頭を下げ、

「ご冗談で。お忙しい先生方ほどそう仰言《おつしや》います。ちかごろ哥麿先生などは日の出の勢いで、お忙しさも凄《すご》いものでございますな」

と別な話題を持ち出した。

「何しろ哥麿先生のお宅じゃ板元の店の者が泊り込みの催促だそうでございますよ。それでも版下を描いても描いても上板が足りぬそうでございますから大したものでございますな」

その例として彼はこんなことを話し出した。去年の春、哥麿は花見に外出したいと云《い》い出した。店の者はそれでは困るから家に居て仕事をしてくれと頼むが、哥麿は承知しない。そこで、どこからか桜の一枝を折って哥麿の画室に飾り、それで我慢させたというのである。

「いや、そうなっても辛《つら》いものでございますな」

相模屋は首を傾けて嘆じ入った。

話は写楽の一番不愉快なところにきた。彼は哥麿ときくと虫ずが走るのである。彼から見ると、哥麿の絵は俗受けを狙った達者な美人絵に過ぎないのだ。気品は薬にしたくも無い。技巧は確かだが、卑猥《ひわい》な艶色《えんしょく》だけで人気を売ろうとしている。その上、才に任せて黄表紙や洒落本《しゃれぼん》、小咄本《こばなしぼん》などにも挿絵を描き散らしている。いや、金にさえなれば、男女秘戯図も描こうという男なのだ。

これだけでも厭《いや》な奴《やつ》なのに、噂にきくと、大そう傲慢《ごうまん》な男だそうである。自分の絵に、「人まねきらい、しきうつしなし、自力画師哥麿が筆に云々《うんぬん》」と附刻したそうである。人気に思い上ってのぼせているとしか思えない。まあ、それもいい、我慢の出来ないのは、写楽の役者絵を、なに、悪癖を似せた似づら絵でさ、と吹聴《ふいちょう》しているということであった。——

ふと、写楽の顔に刻んだ不機嫌な皺《しわ》をみつけたのであろう、相模屋は又つるりと手で顔を撫でた。

「なあに、人気というものは上調子《うわっちょうし》なものでございます。哥麿だって、いつまでも繁《はん》昌《じょう》がつづくものじゃございません」

彼は写楽の顔色をうかがうように云った。

哥磨先生はここに至って忽《たちま》ち呼び捨てとなった。恐らく哥磨の話が写楽を不快にしたことに気づいたに違いなかった。彼は写楽の機嫌をとり結ぶようにそう云った。

相模屋は写楽の不愉快の原因を忖度《そんたく》してか、おのずと言葉の調子には慰めるような響きがあった。つまり、一向に売れない画工の前で流行児の話をした失敗に気づき、すぐに一方の悪口を云って当人の気を直そうとしているのである。その阿諛《あゆ》は別として、いや、阿諛だから正直に写楽の心に傷を立てた。何故《なぜ》かというと、写楽が哥磨を憎む心は単にその芸術だけではなかった。芸術だけなら軽蔑《けいべつ》だけで足りる。憎悪《ぞうお》の下には、哥磨が諸人に囃《はや》されている当代の流行画工であることと、豪奢《ごうしゃ》な私生活に対する嫉妬《しっと》が跼《くぐま》っていたからである。考えてみると絵草紙屋の親爺《おやじ》に感じる卑屈も、巻鬢《まきびん》の毒舌に乱された心も、根はそこから生えていることに気づくのである。或《あ》いは哥磨の芸術に対しての軽蔑も、そのために不当なものを余計に投げ入れたかもしれない。――写楽のその根性を、最も露骨に衝《つ》いたのは、心得顔に云った相模屋の阿諛であった。

写楽は険しい顔をして、長い羅宇《らお》の煙管《きせる》を取りあげると、脂《やに》を取るように銅の雁首《がんくび》を火鉢に激しく敲《たた》いた。

「ときに相模屋さん、ご用件は何ですかね？」

四

相模屋は、その剣幕におどろいたように眼をあげた。彼はまた顔を撫でた。

「これは前話がとんと長くなりました。先生、実は手前が今日お邪魔に参じましたのは、たってのお願いがあってのことでございます」

勿体《もったい》らしく漸《ようや》く切り出したのは、写楽の役者絵を上板させてくれ、ということだった。

「それはもう、先生のお作は蔦屋さんの方で一手でお扱いになっていることは重々に承知しております。けれども手前の方は少し変った趣向で先生に特にお願いしたいと存じましたので」

写楽は、相手の来た要件は先刻からうすうす分っていた。これまで蔦屋以外の板元から注文にきたことは無かったので、実は奇異に思っていたのだが、いま、変った趣向という言葉が耳を捉《とら》えた。

「どういうのですね?」

写楽はちょっとの間、不機嫌を忘れて訊いた。

「へえ、へえ。近ごろ先生は細絵も大そう上板させていらっしゃるようですが、まことに結構に拝見して居ります。ところで、如何《いかが》でしょう、あれを目先を変えたものにしますと一段と結構になると存じますが」

「うむ」

写楽はまたもとの渋い顔に戻った。

細絵は彼の本意ではなかった。彼の描き度《た》いのはやっぱり大判の大首絵であった。それも初めの頃にやったように、地摺を燻銀《いぶしぎん》に潰《つぶ》した雲母摺であった。人物の顔がくっきりと浮き、しかも芝居のもつ雰囲気をこれほど効果的に定着させるものはなかった。市川鰕蔵や、瀬川菊之丞《きくのじょう》や、岩井半四郎、松本幸四郎、瀬川富三郎などの似顔絵は、そうした手法で彼が気に入ったものだった。ところが蔦屋は間もなく雲母摺は御《ご》禁制《きんせい》であるから止《よ》したいといった。その口実の裏には、費用が嵩《かさ》むばかりで合わないという算盤があった。写楽を発見し、写楽に目をかけた蔦屋だったが、商売である以上、作品が佳《よ》くても売れなければ仕方がない。禁制であっても、費用がかかっても、売れて算盤がとれれば出板をつづけたに違いなかった。

蔦屋は、雲母摺を中止して、背色を黄土や鼠色《ねずみいろ》にする細絵にしてくれといった。写楽は仕方なく譲った。だが、細絵ではどうも力が入らない。彼はそれまで入れていた東洲斎という号を廃《や》めて、ただ写楽とだけ記入した。

それから板元は、役者の定紋を入れて当人を分らせるだけではなく、名前もはっきり入れてくれと註文をつけてきた。写楽は気に染まなかったが、それも承知してその通りにした。

次に板元は、細絵《ほそえ》には、黄土の背色一色では駄目だ、今まで在ったように背景も添えなければ売れないからと云ってきた。写楽はそれも我慢した。蔦屋に見捨てられたという意識が動く。彼は眼を瞑《つむ》って妥協した。いやいやながら人物の後に舞台道具をこまごまと描き入れた。

ここまでくると、彼の制作意欲はひどく減ってしまった。他人《ひと》には云えないが、結果は絵の荒れが已に目立ってきた。近頃の焦躁《しょうそう》の半分は、その惧《おそ》れに追駆けられているのである。

相模屋の云った一言に写楽が顔をしかめたのは、その気に染まぬ細絵を賞《ほ》め上げて、更にどこまで落す企《たくら》みを持ってきたか、聞かない先の予感からであった。

「何しろ、手前どもは小さな板元でございますからな、目先を変えて出さないとなかなかすことが出来ません。そこで先生に、ぜひ、お助けを頂き度《と》うございますが」

相模屋の云うことは相変らず廻りくどい。顔色を見ながら容易に中心に入ってゆこうとはしなかった。

「相模屋さん、話は早く願おう」

と写楽はいった。

「一体、どういうものを描けというのだね?」

「これは、しくじりました。つい、手前の話は長びきますのでな」

相模屋は首を縮めて、さらに伸ばした。

「へい、へい。それでは申し上げます。手前は先生のお描きになる似顔でございますが、役者衆の癖をとってまことに絶妙で、こればかりは、ほかの先生方が真似《まね》が出来ません」

また、話がくどくなるかと思っていると、今度はすぐ核心にふれた。

「つきましては、先生のあの特徴をうんと伸ばして頂き、いわば鳥羽絵《とばえ》のようにして頂いたら結構かと存じますが」

「鳥羽絵?」

写楽は意表を突かれて、相模屋の雀斑《そばかす》のういた広い額と大きな鼻を眺めた。

「へい。鳥羽絵でございます。あの、滑稽絵《こっけいえ》でございますな。先生のお描きになるのを拝見しまして、僭越《せんえつ》ですが、これは鳥羽絵の筆法だなと手前は睨《にら》みましたので」

相模屋は恬然《てんぜん》といった。

「これは新しい趣向と存じますが、役者衆の似顔を鳥羽絵式に滑稽に描いて出すのでございます。これは笑わせると存じますよ。何しろ馴染《なじみ》の役者衆ばかりでございますからな。そら、一九や三馬だって随分と人気があるじゃございませんか。あの滑稽本の味を役者絵で行こうという寸法なんで。こりゃあ、先生、売れますよ、当ります。大当りになります。哥麿の流行《はや》りかた位にはすぐ追い付けます」

写楽は、煙管を癇性《かんしょう》らしく火鉢に叩《たた》きつけた。それから手を拍《う》って、奥に向って大きい声を出した。

「おいおい、この部屋を掃除してくれ」

五

相模屋喜兵衛を追い帰して、写楽は障子を開けた。縁は濡縁《ぬれえん》になっているから、縁の半分は雪で白くなっていた。いつの間に降ったたか、庭の南天の葉の上にも薄く積っていた。狭い庭で、鼻を突くようなところに垣根がある。隣は鍛冶屋《かじ》で、鞴《ふいご》の音が聞えていた。写楽は、南天の紅《あか》い実を見ながら、外の冷たい空気に顔を当てた。

彼は心の中で相模屋の云った言葉を反芻《はんすう》していた。鳥羽絵か、なるほど、と思った。自嘲《じちょう》が水のように湧いてきた。

あれが相模屋だから追い帰せた。思い附きで一山当てようとする小さな名も無い板元だから追い払えたのではないか。若《も》し、あれが、耕書堂蔦屋重三郎だったら追い帰せまい。すると、おれの良心も当てにならないな、と思った。

写楽は、これまで反逆的な精神は持ってきたつもりであった。誰を描いても同じような顔と恰好《かっこう》をしている類型的な役者絵を打ち破ろうとした。彼は役者の特徴を摑《つか》み、それを写実的に表現した。そのため誇張はあったが、それがかえって真実に似せたことになった。のみならず、手つきの表情まで工夫した。在来の役者絵の手は死んだものだった。これも型にはまった人形の手で、大首絵の場合は大てい膝《ひざ》の上に置かれたままで死んでいた。彼は拳《こぶし》や腕の恰好をさまざまにつけて、大首絵の単調に構図上の変化と均衡とを与えた。この工夫に自負があったし、蔦屋重三郎がそれを見て、

「これはいい。凄《すご》いな。誰にも描けぬ、お前さんだけの絵だ」

と激称したものだ。蔦重が賞めたことにもう一つある。肉線と、衣皺の輪郭は淡墨で引き、髪、眉《まゆ》、眼、口隈《ぐま》と襟、帯などの要所には濃墨を入れて抑揚と力点をつけた。こうしたことで絵に立体感が出てきた。見ていて人物が画面から浮き上ってくるよう

である。その効果をもっと強くするために、描線はなるべく煩《うるさ》くないようにし、単純に整理した。それがかえって複雑な内容を感じさせた。

「こういう調子で描いてくれ。お前さんのものはうちで一手で引きうけよう」

蔦重が激励してくれたのは、その時であった。写楽が感激して血を湧《わ》かして描いただけに、いま彼が考えてもいいものが出来たと想《おも》うのだ。ところが、それが一向に人気が立たないのである。地は黒雲母摺《きらずり》、淡紅雲母摺という新しい豪華な趣向なのである。

蔦重は、おかしいな、と首を傾けた。

その不人気の原因はやがて分った。彼の描く役者の顔が醜悪だというのである。よく似せてはいるが、あまり醜いから嫌悪を感じるというのであった。殊《こと》に絵草紙の一番の購買者である女子供は一向に寄りつかなかった。

写楽は、それを聞いた時に腹が立った。絵は、ただ綺麗《きれい》に描けばよいのか。どれもこれも同じような型にはめた人形のような顔。ただただ、きれいごとに仕上げた顔。人間でない嘘《うそ》の顔。それが人気があるのが不合理でならなかった。

おれは、金輪際、あんなものを描くものかと決心したのは、自分の絵が不人気ときいた時からである。人間の個性を写そうと思えば自然に醜に見えるであろう。だが、もう一つその底に真実の美があるのが見つけられないのであろうか。売れなければ売れないでいい。おれはこの調子で描いてゆく。頑固のようだが、生涯決して改めないぞ。女子供の低い好みに合せて無知な絵を描く奴《やつ》には描かせればいい。それで金が儲《もう》けたければ、勝手に儲けさせるがいい。おれは貧乏しても、あんな俗受けのする絵をかくものか。おれだけが自分を守って、一生、反抗をつづけてやるのだ。——

隣の鞴《ふいご》の音が止《や》んだ。今度は金物を打つ音がきこえる。その金属性の音は、冷たい空気を余計に凍らせた。

写楽は、その時の反抗心が今は砂のように崩れてゆくのを感じている。蔦屋が雲母摺を止めて、背色を黄土にするといえば、それは仕方がないと同調した。細絵に役者の名を入れてくれといえば、それくらいはいいだろうと承引した。背景に舞台の屋台や小道具を入れてくれと要求されると、その程度も止むを得ないと引受けた。

こうしておれは、それ位なら、それ位ならと次々に妥協しているではないか。信念の一歩一歩の後退なのだ。どこに反抗の精神があるのだろう。

蔦重の要求をいれたのも、根は生活のことだった。彼はこの名のある板元一軒で生活していた。蔦重に見限られたら、それでなくとも一家の苦しい生計が忽《たちま》ち食えなくなってしまうのである。その弱さが彼の足を引張っている。この上、蔦重にもっとひどい要求をされても、結局、眼を瞑るであろう自分を感じている。

「卑怯者《ひきょう》。高慢ぶって、おれに相模屋を追い帰す資格があるか」

写楽は自分の身体《からだ》に唾《つば》を吐きかけたくなって、障子を破れんばかりに音たてて締めた。音は自嘲に爽快《そうかい》であった。

数日の後、写楽は蔦重に呼ばれて行った。話があるからというのである。こういうときは大てい、彼の絵に註文をつける場合が多かった。写楽は、いやな予感を覚えた。

「早いものだな。今日はもう夷講《えびすこう》だな」

重三郎は炬燵《こたつ》の上に茶を運ばせていった。今日も底冷えのする日であった。

「ときに、写楽さん、お前さん、一つ相撲絵を描いてみなさらんか」

「相撲絵？」

写楽は茫然《ぼうぜん》として重三郎の皺《しわ》の深い顔を見詰めた。

「うむ、近ごろは芝居に負けず相撲も人気があるようだ。大童山文五郎や雷電為右衛門なんざ、なかなかの騒ぎというじゃないか。この連中を、お前さんの腕で似顔絵にして売り出したいと思うんだがね」

写楽の浮かない顔を見ると、重三郎はまた厚い唇を動かした。

「お前さんの役者絵にわたしは肩入れしてきたのだが、どうも捗々《はかばか》しく足が伸びないのでね。世間には節穴の目あきが多いということが分った。しかし、笑ってもおられない。実は、わたしも例の山東京伝の蒟蒻本《こんにゃくぼん》を出して、お上に身上《しんしょう》半減されて以来、ちっとばかり参っている。ここらで目先の変ったものを出したいと思うのだが」

目先の変ったもの――ここにもそれがあった。大きな鼻をもった相模屋だけではなかった。

「どうだね、写楽さん。引きうけてくれないかね？」

半刻《はんとき》の後、写楽は凍ったような空模様の町に迷い出た。

相撲絵は、結局、引きうけてきた。制作上の意欲も感興も何も無い。あるのは生活のためという鉛を詰めたような絶望した心であった。

「また、能役者にかえるか――」

写楽はこれからの生活を遠く虚《うつ》ろに考えて、ぼんやりと歩いていた。

止利仏師

一

伊村は締切を明日に控えて、煙草《たばこ》を喫《す》いながらぼんやりしている。前の原稿用紙は一字も書かないで置いてある。灰皿には半分喫った煙草が何本も溜《たま》っている。――そうだ、これに似た書き出しを伊村は以前に芥川龍之介《あくたがわりゅうのすけ》の小説で読んだことがあった。眼の前の書棚にはその全集があるが、とり出すのが億劫《おっくう》で調べて見る気がしない。

たしか芥川の小説では、作者の頭に書くべき題材が無くて困っているように書いてあったが、伊村のは今年の初めから決っていていて未《いま》だに纏《まとま》らないのである。「止利仏師《とりぶっし》」を書こうと思い立って一年に近い。その間に書く決心をつけながらいつも崩れて了《しま》う。何としても出来ない。然《しか》し、書くべき義理があるから、遂《つい》にぎりぎりの、それも締切日が明日という土壇場《どたんば》に追い詰められてしまった。

今夜は月食があるので子供が遅くまで外で騒いでいる。伊村もちょっと門まで出てみたが、なるほど月は皆既になっていて赤銅色《しゃくどういろ》をしている。月に斑点《はんてん》があるから、見ようによっては古い血が溜ったようだ。こういう現象を見ていると古代人の感じた神秘に心が通うようである。しかし、伊村はいつまでも空を仰いでいられないから、また机に戻って煙草を喫う。コップの水を飲む。落ちついて居られない証拠である。あと十分もしたら、締切日の朝になる。もう少し経《た》つと、どうでもしてくれ、と図太い気持になるかも知れない。

それほど出来ないなら、早いうちに他の題材に変えたらよさそうなものだが、実は「止利仏師」に伊村は魅力を感じている。どう感じているかというと、止利の来歴の分らなさである。大ていの本は止利に就いて原稿用紙半枚分しか書いていない。それも「日本書紀」の引用である。この不詳のところが魅力であった。大いに想像力の働かせ甲斐《がい》があると思った。

しかるに、いかなる人物にすべきかという設定について迷った。二、三の考えが無いでもない。伊村は美術史家でも無く、美術評論家でもなく、歴史家でもないから、どんなことでも勝手に云《い》えると思った。然し、彼の二、三の考えは、どうも止利の人物に遠そうである。勝手に書くといっても、誰でも止利仏師というものには漠然とした幻像《イリュージョン》があろう。伊村はそれに臆《おく》して足踏みした。思いついた二、三の発想で書くと、われながら止利とは縁の無い人間が出来そうである。

そう考えるのは、伊村もやはり「歴史離れ」が出来ないためであろう。粗末ながら歴史に抱いた観念が、伊村の気儘《きまま》に書こうとする筆を抑えて了う。そりゃ違うじゃないかと自分から抗議するような「止利」が出来上りそうで怖気《おじけ》が出る。漠然と止利に抱いていた幻影は仔細《しさい》に考えれば、やはりこの歴史が混合していて、新しく小説にすれば他人のように無縁なものにかけ離れて了いそうである。さらばと云って忠実に止利を復原しようと思っても、六世紀ごろに仏像だけを残して本人の履歴は何にも遺《のこ》さない人であるから性格の取りようがない。性格、人物が分らずに、名を聞くより、やがて面影推しはからるる心地するのは困りものである。いつまで経っても伊村の作品が纏らないのは、彼の貧弱な才能だけではない。

だが、伊村が未練気にむずかしい止利を諦《あきら》めないのは、その未知に惹《ひ》かれているからであった。彼も小説を書こうと思い立っているくらいだから、その分らなさに意欲を感じているのだ。あまり知れ過ぎた人物では面白くない。止利の空漠としたところに野心を起したのだが、さて書こうとなると想像力が伸びない。しかし野心の方は相変らず潜んでいるから、思い立ってから一年近く、止利は纏綿《てんめん》として伊村から離れない。

伊村は飛鳥《あすか》の安居院《あんごいん》の丈六釈迦《しやか》如来《にょらい》像を見たことがある。いたみがひどく、後の補修が著しいので、大ていの美術史家から冷視されている。しかし伊村にはこの方が興味深い。法隆寺の薬師如来像、釈迦三尊像はもとより立派に違いないが、安居院の釈迦如来像が何度となく火災に遇《あ》って補鋳され、ようやく僅《わず》かに原形をしのばせているところが面白いのである。安居院の大仏が止利を象徴させているように思える。

伊村はいま煙草をふかしながら、いつぞや安居院を訪ねて行ったことを思い出している。夏の暑い日で、岡寺《おかでら》の駅から歩いたのであるが、炎天の埃《ほこり》っぽい道が遠かった。道はやっと岡寺の山に突き当って北に折れる。南に行くと蘇我馬子《そがのうまこ》の桃源墓といわれる石舞台に出るのだ。切妻に白壁の民家のかたまった飛鳥村を抜けて田圃《たんぼ》の中の疎林《そりん》に囲まれた安居院に着いた時は、ほっとした。礎石に腰をかけて汗を拭《ふ》いていると、住持の奥さんが水を汲《く》んで持ってきてくれた。前の青田を渡って来る風が涼しかった。今でも稲の涯《はて》に民家の聚落《しゆうらく》がぽつんぽつんと見える寂しい所である。

この辺がいわゆる真神《まかみ》ケ原である。「大口《おおくち》の真神の原に降る雪はいたくなふりそ家もあらなくに」（万葉集）とあるから上代からあまり変っていないようである。尤《もつと》もこれは奈良朝ごろで、五世紀の終りから六世紀にかけては、蘇我氏の本拠としてこの安居院の位置に法興寺《ほうこうじ》の堂塔が建ち、帰化人たちの部落が密集していたのであろう。法興寺は、衣縫造祖樹葉《きぬぬいのみやつこのおやこのは》という帰化人の邸《やしき》を壊して建てたという。崇峻《すしゅん》巻によれば五八八年で、まずその頃が帰化人たちによって栄えたに違いない。

それ以前のこの土地はどうであろう。昔、明日香《あすか》の地に老狼《おいおおかみ》がいて土民がこれを大口神といったので大口真神原の地名がついたという。狼《おおかみ》の出そうな荒涼とした場所が、帰化人の集団によって繁栄したのは、この土地一帯を所領していた蘇我氏の勢力が繁《はん》昌《じょう》していたからに違いない。

二

蘇我氏が強大になったのは、帰化人の技術者を掌握して利用したからであろうといわれている。蘇我氏は諸方の屯倉《みやけ》の設置によって私利をあげて経済力を培《つちか》った。屯倉は朝廷直轄《ちょっかつ》のものだが、実質上、どれだけ朝廷の所有になったかは疑わしい。朝廷といっても、物部《もののべ》や大伴《おおとも》や蘇我氏らの豪族の集合勢力に載った弱体首長だから、屯倉の租税はどこまでが朝廷のものやら豪族のものやら、けじめがつくまい。財物の出納《すいとう》は史《ふひと》なる帰化人の手による以外、文字を知らない日本人には出来ないことだから、帰化人たちに人気のあった蘇我氏が強大になるのは無理もない。

帰化人には史をはじめ、衣縫部、錦織部《にしごりべ》、金作部《かねつくりべ》、鞍作部《くらつくりべ》、陶部《すえつくりべ》、画部などの技術者群があったが、蘇我氏は彼らを利用するに巧妙であったらしい。これらの技術は日本に無いのだから、朝鮮半島から来た彼ら帰化人に頼るほかはなかった。その意味では、朝廷も大伴氏も物部氏もみな同じであった。ただ、これらは帰化人達を使役したが、蘇我氏ほどうまく懐柔は出来なかった。

なぜ蘇我氏が帰化人に人気があったかというと、仏教信奉の問題にかかる。仏教が日本に伝来した時期はいつかとの疑問は解決出来ないが、日本書紀の欽明《きんめい》天皇十三年も、扶桑略記《ふそう》の継体天皇十六年もあてにならないとすると、大体五世紀の半ば以前が妥当だそうである。が、それは百済《くだら》から仏像や経典が貢献された公式の記録であるから、それよりずっと早く、多分、五世紀の初めに日本に来た帰化人たちによって仏教は信仰されていたに違いない。蘇我馬子が物部守屋《もりや》を聖徳太子《しようとくたいし》等の連合軍によって滅したのは五八七年だから、殆《ほとん》ど一世紀近くかかって仏教は日本の民衆に弘《ひろ》まったのであろう。が、これは全部ではない。物部氏の主張を推す背後の民衆もあったからだ。が、何よりも考えなければならないのは、異国人である帰化人が第一番の熱心な仏教信者であったということだ。

この帰化人の技術が朝廷や諸豪族の発展に寄与したことは分るが、それなら彼らはどういう待遇を与えられていたかということはよく分らない。伊村は「帰化人」に就いて書かれた或《あ》る本をよんで大いに教えられたが、この点になると充分に読みとれなかった。そこで、海の向うから勝手に渡って来た異国人であるから、失意の放浪者に近いであろうという気早な解釈をつけた。彼らは技術を豪族に買われはしたが、その身分や地位は大そう低く、豪族という支配階級の従属物であったと思う。六世紀の初めごろ、伽藍《がらん》造営のため呼んだ瓦博士《かわらはかせ》、鑪《ろ》盤《ばん》博士、画工などの職人たちとは別な存在であった。

従属物に意志はない。彼らは所有者の命令通り働いた。しかし、支配者が精神の世界にも通じるものであれば、従属物にも意志が開くであろう。精神の世界とはおかしな云い方だが、云いたいのは、仏教を排斥している物部、大伴氏よりも、擁護者である蘇我氏の方に帰化人たちが心を寄せたということである。同じように命令によって技術を提供しても、そこに消極性と積極性の相違があるに違いない。蘇我馬子が物部守屋を攻めて勝ったというのも、この帰化人たちの技術注入の気の入れ方から考えたら面白そうである。

馬子は物部氏を滅亡させると、その支配下にあった帰化人を己のものにした。これらは河内《かわち》平野に多く居た。いわゆる西史《かわちのふひと》と呼ばれるもので、無論、史ばかりではない。大和の方は東史《やまとのふひと》と呼んだ。生駒《いこま》山脈によって東西に岐《わか》れていても同じ帰化人であることに変りはない同族である。この同族間に婚姻さえあった。

馬子は競争相手を仆《たお》し、帰化人達を更に多く合併し、配下につけて勢力を増大した。技術者群の増大が蘇我氏の繁栄の動力をなしたと思うが、そのことは俄《にわ》かに活発になった寺院建立《こんりゅう》にも云えるのではないか。彼らは蘇我馬子の下に大同団結してこの仏教事業に技術を傾けたと思う。それは命令された使役ではなく、奉仕であったろう。

ここで、眼目の鞍作部のことになる。

鞍作部の祖は司馬達等《しばたっと》で、彼は継体天皇十六年に大和高市郡坂田原に草堂を結び仏像を安置して礼拝したことになっているが、この記事は「扶桑略記」のいい加減なものらしい。その達等の子の多須奈《たすな》が同じ場所に用明天皇の冥福《めいふく》を祈るため寺を建て、丈六の仏像と挟侍菩薩《きょうじぼさつ》像を造ったというが、実物が遺《のこ》っていないから何とも云うことが出来ない。しかし、これは鞍作部が多須奈の代でもう仏像を造ったということで参考になる。というのは、同じく用明天皇のために造仏された薬師如来《にょらい》像が法隆寺にあって、止利の作だという。尤も、この光背銘には止利の名は無く、近ごろでは光背は当時のものでないと否定する人がある。

いずれにしても鞍作部が、本職の鞍を作る仕事だけでなく、止利の父の代から仏像を造ったということは考えられそうである。

ところが、鞍作りの職人がどうして仏像を造るか。この疑問には誰もはっきり答えてくれない。多分、鞍作りは鋳金をするので、船載されてきた百済の仏像を真似《まね》て造ったのであろうという想像で云ってくれる人が多い。どの美術史書にも、止利がどのような一系統からあの素晴らしい技術を学んだかということは一行も書いていない。

当時の航海から考えて、朝鮮から大きな金銅仏を持って来られる筈《はず》は無いから、どうせ、もと法隆寺にあっていま御物になっている四十八体仏のような小像が渡ってきたのであろう。そんな小像を手本にして、飛鳥大仏や法隆寺の薬師如来、釈迦三尊、夢殿の観音を造った止利は驚嘆すべき技術者なのであろう。尤も、釈迦三尊像以外は作者銘が無いから、厳密には止利と限定出来ないかもしれないが、諸書が口を揃《そろ》えて「止利とみて差支えない」と云っているから、こう考えるのである。

三

伊村は「止利仏師」を構想しているときに、その人物の設定を次のように考えることがある。

当蒔の日本人は技術には無知であった。それで帰化人たちのそれに仰天したに違いなかった。自分たちの知らない技術を持っている者への驚嘆――それは明治初年に西洋技術者を迎えた時の民衆の感情に似通っていないか。啓蒙《けいもう》期の日本に乗り込んで来て美術の技法を日本人に教えた西洋人たち、ウォートルス、コンドル、ワーグマン、フォンタネージ、フェノロサ、ラグーザ――そんな名前が思い出される。そのうち、伊村は、ふと止利仏師をフェノロサにしたら、と思いついた。

どうしてそんなことを考えたかというと、フェノロサは最初日本に来たときの目ざましさにくらべ後期が甚だ寂寥《せきりよう》としている。彼は己の手で開眼《かいげん》してやった日本の美術界に見捨てられ、弟子である岡倉天心に背かれて帰国している。成長した日本人の弟子たちは、もうフェノロサを必要としない位に充実したのである。この生涯を止利仏師に嵌《は》めようと考えついたのだ。止利そのものがさっぱり分らないから、小説を書く上に、誰かのイメージを藉《か》りなければならない。

止利がその技術を弟子達に教える。弟子の中には、すでに日本人もあろう。それらが技術を会得《えとく》して更に発展させると、帰化人である止利はもう用は無くなる。飛鳥以後の仏像には止利形式は全く消失するのである。大体こんな具合に大まかに決めて、性格や細部の設定《シチュエーション》を考えようと思った。

しかし、それから時日が経つにつれ、伊村は首を傾けた。

明治初期の外国人として帰化人技術者を見るのは面白いが、弟子の方の事情が少し違う。その頃の社会では職業的な特殊技能はその部族或《あるい》は血族のつながりといった者に限られてうけつがれていた。決して一般の民衆が習得するということではなかった。それが一般にひろまり、社会からも希望されたのは後代のことである。明治時代のように外国の先進技術に驚嘆して、日本人が技法を習いになだれを打ってきた事情とは随分違う。

それから、こうも考えた。

帰化人は技術こそ大したものだが、それは豪族に隷属《れいぞく》していて身分は極めて低く、明治初期の特権的な地位の外国人技術者とは全く違うのだ。

こんな考えが湧《わ》いてきて、伊村はフェノロサをかりてくる着想を捨てた。

そのうちに、止利がどうして仏像を造る技術を覚えたかということが次第に心にかかってきた。師承関係が全く分らない。止利を主人公にして小説を書く上にこれは必要なことだ。しかるにどの書物にもその説明が無い。多須奈が坂田寺で丈六の仏像を造ったというから止利は父から技術を習ったのであろうか。しかし多須奈はどうしてそれを知っていたか。書紀にある司馬達等が坂田原の草堂で礼拝したという仏像は、百済から持って来たものと思われるから、彼が造仏技術を知っていたとは考えられない。少しは知識があったとしても、多須奈や止利に伝承させたほど充実したものではあるまい。この二人の造仏技術の由来が、殊《こと》に止利の技術についての経路の不明が伊村を当惑させた。

鞍作りの鋳金技術を造仏に直ちに通じさせるのは簡単であるが、それはどうも弱そうである。

敏達六年には百済王が律師、禅師と共に造仏工、造寺工を日本に送り、崇峻元年には、鑪盤工、瓦工、寺工、画工を送ってきたとあるから、多須奈も止利もこの新渡来の技術者から技法を習ったのであろうか。そして止利に至って、飛鳥大仏や法隆寺釈迦三尊像や薬師如来像のような一群のすぐれた作品を制作するまで技術が充実したのだろうか。崇峻元年が五八八年で、元亨釈書《げんこうしゃくしょ》の記載を信ずれば、法興寺が出来上ったのは推古十四年の六〇六年だから十八年の距離がある。止利がこの期間に習得した技術を完成したとすれば少しも不自然ではない。

新来の技術者が、造仏法を伝えるとすれば鋳金に携わっている鞍作部に伝授するのは当然である。こんなことで、伊村は一応納得しようとした。

ところで、新しく来た技術者が立派な仏像を造らずに、止利が造ったのは何故《なぜ》だろうか。日本にいる古い止利よりも、朝鮮の新しい技術を知っている新来者の方が腕がよいのは当り前である。止利の才能が新来の技術者を追い越していたのか。だが、これはおかしい。当時の仏像は原型の模倣である。止利様式の原型は云《い》うまでもなく北《ほく》魏《ぎ》であり、それから移入された高句麗《こうくり》であるが、止利はその雛型《ひながた》を真似たのであった。朝鮮には止利様式とそっくりな仏像が残っている。つまり止利は請来《しょうらい》された見本を忠実に、それも恐らく一生懸命に努力して真似たのである。この点で、止利は芸術家ではなく、技能者であった。それなら造仏工といった新渡来の技術者の方がうまいに違いない。創造ではなく、模倣の技術だからである。

それとも止利の技術が——模倣的な才能が後から来た朝鮮技工たちを上廻っていたのだろうか。果して止利をそのような天才とすべきか。——

伊村はこんな設定にも心が重かった。止利のはっきりしたイメージは何一つとれなかった。机に向っても無駄に時日が経《た》つばかりである。

四

止利は帰化人といっても、達等から三代目である。この三代目に至る期間がどれだけの長さか知る材料は何もない。法興寺の竣工《しゅんこう》が五八八年としたら、この前後から止利の活動が始まったのであろう。すると、あれだけの造仏技術を発揮するのだから、かなりの壮年に違いない。もとより造仏は一個人で出来るものではなく、かなりの弟子や工人たちを使用するから、統率力も必要である。飛鳥大仏は随分な工人を動員したであろう。止利が若くては出来ない所以《ゆえん》である。では、父の多須奈、祖父の司馬達等に遡《さかのぼ》ると、この鞍作部は相当期間、日本に土着していたことになる。

達等が坂田原で仏像を礼拝した継体天皇十六年（五二二）の記述は、実は干支《えと》を一まわり誤ったという説があるから、それによると敏達天皇十一年（五八二）になる。これだと僅《わず》か六年後に止利の活動がはじまるから、少しおかしい。尤も達等が子と孫とを一緒に連れて来たとも考えられるが、それにしても六年後に止利が壮年という計算はおかしくなる。それかといって扶桑略記の六十年前は古すぎる。達等が来たのは五世紀の半ばすぎとして、大体十年乃至《ないし》二十年が適当なところではなかろうか。

どっちにしても、達等から止利まで鞍作部はかなり長期間に日本に居住していたことは間違いない。すると、彼らの技術は、後に来た寺工や瓦工や鑪盤博士など文書に見えた一群の新しい技術者たちからみれば、古い技術を伝承していた。これは云えそうである。

ところが、伊村は或る書物をよんで、日本書紀にある高句麗の上表文を王辰爾《おうしんじ》が解釈して欽明天皇にほめられた挿話は、実は、それまでの古い帰化人の技術に新しい帰化人の技術が勝ったのだという解釈を知った。なるほど、これは面白い解釈である。

王辰爾は、東西の史《ふひと》らが解くことが出来なかった高句麗国の国書の漢文をすらすら読んだ。天皇と蘇我馬子は感嘆して、「勤《いそ》しきかな辰爾、よきかな辰爾、汝《なんじ》もし学を好まざらましかば、誰かよく読み解かまし」とほめ、読めなかった史らの怠慢を叱《しか》った。読めなかった史らは古い帰化人であり、読んだ王辰爾は新来の技術者だったというのである。古い技術に新しい技術が勝ったという、この解釈は伊村にはよくうなずけた。なるほど、そのようなことであろうと思う。

すると伊村は、これに似たような話が止利にもあることを思い出した。法興寺の金《こん》堂《どう》に止利の造った丈六の釈迦《しゃか》如来《にょらい》像を運び入れるとき、金堂の戸口より像の丈が高いために、堂の内に入れることが出来ない。それを止利の工夫で、戸を壊《こぼ》つことなく無事に搬入出来た。天皇は感嘆して、止利に大仁《だいに》の冠位を与えたという書紀の記事だ。

何となく、よく似た説話だ。すると、これも止利が新しい技術をもっていて、古い帰化人の技術を圧倒したという表現にならないか。もし、そうなら止利が空を往くように法隆寺などの諸仏を制作した理由が分るのである。

然《しか》し、困った矛盾がここにある。止利は新来の技術者ではない。祖父以来、三代にわたって、土着した古い帰化人である。技術は当然、古いものでなければならぬ。それが新来の技術家、技能者と解釈するとどうも辻褄《つじつま》が合わなくなる。

伊村は困《こう》じ果てた。止利の正体がいよいよ分らなくなる。小説には一向に書けそうにない。

もし、前に考えたように、止利が新渡来者から新しい技術を導入したとしたら、どうであろう。が、それなら、新来の技術者の方が止利より遥《はる》かにうまいに違いない。教える方が習う者よりうまいに決っている。しかるに、制作者として止利だけの名前が残ったというのは——どうも問題が一つところを抵徊《ていかい》して片づかない。伊村は匙《さじ》を投げかけた。

ところが、近ごろになって、新来の技術者と止利の鞍作部《くらつくりべ》とが、別々になっているからいけないのだと気づいた。あとから来た技術者、つまり、新しい造仏工は、鞍作部首《おびと》という止利の職能集団の中に包含されたのである。つまり、実際の新しい造仏の技術者たちは、古い帰化人であってすでに蘇我氏と結びついて勢力のあった鞍作部の配下についたのである。似通った材料を扱う技術家が、どの職能団体に附属するかといえば、鞍作部しかないではないか。鞍作部が蘇我氏に結んでいたことは、蘇我入鹿《いるか》が一名鞍作臣《おみ》と呼ばれていたことでも立証出来る。

こうなると止利が新しい技術者であっても少しも不思議はない。彼は、新技術者群の首長であり、その職能集団の代表者であったからである。

これを進めると、法興寺の釈迦如来像も、法隆寺の釈迦三尊像も薬師如来像もその他も、止利個人が造ったのではなく、部下の新しい技術者たちが造った、といえるのだ。いや、決して止利が造ったのではない。

釈迦三尊像の舟形光背の裏に彫られた「司馬鞍首止利仏師をして造らしむ」の銘は、実際に造仏した技術者たちの首長の名を記したに過ぎぬ。およそ公式な場合、その団体の代表者の名前を出すのが極めて当然で、普通である。「司馬鞍首止利」は文字通り制作集団の代表者《ボス》なのだ。この意味で、首《おびと》の一字に大へんな重量がある。

いわゆる止利様式が、止利の個性的な芸術でないことは前に考えた。あれは大陸や半島から来た作品の模倣である。しかもその様式は、極めて概念的な様式の真似し易《やす》い造形である。何も止利の芸術品だと強調する必要はない。書紀によると、法興寺の仏像を造るとき、止利が見本図を提出して採用されたという。これなども、請来品の見本《サンプル》をいろいろ見せたか、或は、逆に示されたかの形跡ではなかろうか。つまり止利の個人的な芸術とまではいわないまでも、彼だけの特殊な技能の必要はなかったのだ。止利は、ただ、配下の優秀な新しい技術者たちに仕事をさせればよかったのである。

五

美術史書は、止利がどうしてあの見事な技術を得たかよく分らないという。分らないのも道理で、止利の地位である「代表者」を個人と思い誤っているのだ。彼が率いた鞍作部の部族の中に、見事な技術が途中から混入してきて、鞍作部の職能的な実体が変質したことに気がつかない。

それから多くの美術史家は、法隆寺の釈迦三尊像を仰いで、止利の素晴らしさを見よと讃嘆《さんたん》する。

だが、釈迦三尊像は誰が造ったか分らないのである。鞍作部に附属した名も無い新来の工人たちの手に成ったのだ。造仏の銘は集団の支配者であり、その制作の技術には直接携わらなかった首《おびと》の止利が名をとどめる仕儀となった。銘の無い薬師如来、法興寺の釈迦如来、夢殿の観世音菩薩《ぼさつ》などの諸仏の像は無論のことである。止利個人はそこには居ない。

伊村は、ようやくここまで考えてきて、初めて止利とその作品の関係が分ったような気がした。

すると、止利は全く存在しなかったことになる。在るのは、ただ職能集団の名義人としてだけである。或は、蘇我氏に近接した勢力ある部《べ》の首長だけである。この帰化人の首長たちが、どんなに蘇我氏に忠実であったかは、大化改新の際、蘇我氏追討軍に反抗しようとしたことでも分るのである。蘇我入鹿がどういう訳で鞍作の姓を名乗ったかよく分らないが、とにかく密接な関係にあったのであろう。蘇我氏滅亡後、鞍作部が史上から名前を消していることは、一層その感じを強くする。

止利はこのように蘇我氏の下で勢力をもっていた。では、彼がなぜ官僚的な権力に伸びなかったか。他の帰化人の或《あ》るもののように、その後の律令《りつりよう》制度の貴族に出世する素地がなかったか。それは要するに鞍作部の職能が金工に携わっている職人的な技術の性質に理由がある。技術家というものは、重宝がられる代りに、政治的な権力には出世出来ないという宿命がある。

さて、法隆寺釈迦三尊像をはじめ、止利仏師作といわれる一群の推古仏像は、止利個人の芸術とは何の関係も無いことが分った。止利の素晴らしさを見よと云われたって、見ようがない。

こうなると、伊村の眼から止利仏師はいよいよ消えてしまって、当時の進んだ技術の輩下を握っていた職人のただの親方になってしまった。――

ここまで考えてきたとき、閉め切った雨戸の隙間《すきま》から、外の薄い光が見えてきた。

夜が明けてしまったのだ。

伊村は伸びをして牛乳をとりに行った。小説「止利仏師」はとうとう出来なかった。